KB159217

나는 무엇을 모르는지조차 모르고 살았다

나는 무엇을 모르는지조차 모르고 살았다

초판 1쇄 2021년 07월 19일
초판 2쇄 2021년 10월 05일
지은이 이종욱(jollylee@hanmail.net) | **펴낸이** 박애경 | **펴낸곳** 투데이펍
등록 제 2016-000097호 | **주소** 서울특별시 영등포구 63로 32(콤비빌딩) 808호
전화 02) 739-2711 | **팩스** 02) 739-2702 | **이메일** stella4ukr@naver.com

© 이종욱 2021, *Printed in Korea*.

ISBN 979-11-959000-1-5 | 값 14,000원

나는 무엇을
모르는지조차 **모르고 살았다**

이종욱

일기장을 공개한 것 같아 얼굴이 화끈거린다. 활자로 인쇄까지 되어 있으니 이제는 빼도 박도 못한다. '꼼짝마라'다. 생각을 넘어 어떻게 행동하고 있는지조차 책 속에 담겼으니 이젠 맘대로 움직일 수조차 없다. 족쇄가 되지는 말아야 할 텐데 그렇게 될까 은근히 겁도 나고, 부담도 된다. 이런 마음을 떨쳐내기가 쉽진 않지만, 조금은 과감하고 단호해져 보고자 한다. 그래야 한 가지를 정리하고 다른 것을 시행할 수 있으니 말이다. 직장생활 30년 차 생각을 정리하는 것이 나의 버킷리스트 중 하나였다.

회사생활 30년 차가 넘다 보니 만나는 사람들로부터 많은 질문을 받는다. "어떻게 그렇게 오랫동안 회사에 다닐 수 있나요?", "그것도 홍보실

한 부서에서만 30년을 넘게 근무한다면서요? 그게 가능해요?", "왜 다른 부서에서 근무할 생각을 안 하셨나요?" 등등. 질문의 주종은 "왜?"와 "어떻게"에 대한 궁금증이다. 그 긴 세월 한 직장, 한 부서에서 오래도록 일하고 있는 사람이 흔치 않기 때문에 보이는 관심인 듯하다.

그러고 보니 이젠 기업홍보 업무를 30년 이상 지속적으로 한 사람이 손가락 안에 꼽을 정도로 줄어들었다. 어떻게 이무기처럼 살아남아 있는지 궁금해질 연륜이 되었다는 뜻일 거다.

한국 언론의 특성에 기업들이 조직의 인적 배치를 맞추느라 그렇게 된 현상이기도 하다. 그동안 언론 매체와 기업홍보의 상관관계는 안면 장사를 통해 많이 이루어졌다는 반증이기도 하다. 사람이 바뀌면, 인맥을 다시 형성하고 관계 유지를 하는데 다시 시간과 노력이 들어가기 때문에 효율적 측면에서 기존 사람 위주로 지속되는 양상이 있었던 것이다. 최근에는 아예 언론 매체 현역 기자 출신들을 기업체 홍보실에서 스카우트해 가는 경우가 많아졌다. 인맥 구축과 관계 유지에 시간과 노력을 최소화하겠다는 전략이다. 전통적인 기업 홍보맨들의 면면을 보면 타 부서나 해외에 3~4년 가 있다가도 다시 불려오는 게 일반적이었다. 그만큼 기업홍보와 언론의 관계는 사람 관계를 중시할 수밖에 없기 때문이었다.

사실 이 글의 원천도 직업상 관계로 인한 아이디어 차원에서 시작된 것이다. 출입 기자들과의 관계를 유지하는 방법으로, 같이 운동을 하거나 식사를 하거나 유대를 넓힐 수 있는 온갖 수단을 동원하게 된다. 물론 그동안 술자리를 통한 *끈끈한* 우정의 공유도 중요한 수단 중 하나였다. 나는 술은 좋아하지 않는 편이다. 그러나 직업상 안 마시기에는 거의 불가능했다. 그래도 작정하고 마시면 먼저 취하지 않겠다는 철칙을 가지고 있다. "절대 술 취하면 안 된다"는 것이 내가 소속된 부서의 사명이기도 했다. 홍보담당자가 섭외 나가서 술에 취한다는 것은 용서받지 못할 행동으로 간주되기까지 했다. 식사값 계산도 해야 하고 상대방을 택시 태워 집으로 가는 걸 확인해야 했기 때문이다. 그렇다고 술에 장사가 어디 있겠는가? 마시면 취하는 것이 당연하다. 그래도 정신력으로 말똥말똥 버텨내야 하는 줄 알았고 또 그렇게 버텨왔다.

그러다 요령이 생겼다. "꼭 술로 상대방을 이기고 나 자신을 지켜내야 하는가?"에 대한 의문이 들었다. 그래서 다른 방법을 생각해낸 것이 바로 기자들에게 글을 쓰는 것이었다. 기자들은 어차피 글로 먹고사는 사람들이다. 소통의 채널로 매일 글을 써서 보내 공감을 획득한다면 이보다 좋은 커뮤니케이션은 없을 것이라는 판단이 들었다. 커뮤니케이션 도구로서의 글은 유효했다.

매일 아침 출근해 30분~1시간 동안 짧은 글을 써서 담당 매체의 언론인들에게 보내기 시작했다. 벌써 그 세월이 10년이 넘었다. 날씨에서부터 출근 시 보이는 모든 장면들, 그리고 세태에 대한 단상까지 주제를 가리지 않고 매일 써서 보냈다. 직업상 글을 쓰는 사람들이지만 딱딱한 기사체만 접할 수밖에 없는데 감성과 과학을 섞어 그래도 바쁜 삶과 생활을 되짚어 생각 해 보게 하는 글 위주로 썼다.

글을 직업으로 쓰는 사람들에게 글로 승부를 한다는 자체가 쉬운 일은 아니다. 자기가 쓰는 글의 수준보다 못하다고 읽히면 그저 휴지통에 버려지는 글로 전락할 것이 분명하기 때문이다. 그래서 매일 쓰는 글의 소재를 위해 일요일마다 '박문호의 자연과학 세상'이라는 단체의 강연을 찾아 자연과학 공부를 하러 다니며 글의 소재를 넓히는 일을 했다. 물론 이 작업은 나 스스로도 재미있었기에 가능한 일이다. 글 쓰는 일이야 홍보쟁이 생활 30년 동안 매일 보도자료 작성에 숙달된 일상이었기 때문이기도 하다. 짬밥이 늘어 후배들이 전입을 오고 하니 보도자료 작성하는 일에서 빠지는 틈을 기자들과의 소통 작업으로 아침 글을 쓰는 시간으로 대체 했다. 그동안 보냈던 아침 글 중 몇 편을 주제에 맞게 다시 편집하여 엮은 것이 이 책의 원소스다.

나에게 글쓰기란 자료작성을 후배들에게 넘긴 후 무뎌질 것 같은 글쓰기의 본능을 잃지 않기 위한 방편이었는지 모른다. 글은 표현의 도구이기에 쓰지 않으면 무뎌지고 감각조차 사그라진다. 예민하게 감각을 세우고 의식을 깨워 연필이라는 도구를 통해 적어 내려가야 한다. 그래야 흩어져있는 생각과 감정을 한곳에 모으고 추스를 수 있다. 생각이 담겨있는 브레인에 지식이 마르지 않도록 지속적으로 새로운 정보를 채워 넣고 융합하는 일도 게을리 하면 안 된다. 채워 넣지도 않고 화수분처럼 글이 전개되기를 바라는 것은 단순한 욕심일 뿐이다. 끊임없이 채워 넣고 그 안에서 정제된 언어로 하나씩 하나씩 건져 올려, 글이라는 수단으로 표현해낼 때 비로소 생각과 감정의 결과물이 드러난다.

직업상 소통의 도구로 쓰이던 글들을 확대해 생각의 원천으로 공유하고자 한다. 세상을 어떻게 볼 것인지에 대한 거창한 의식까지는 아닐지라도, 그저 숨 쉬고 움직이고 웃는 일상을 차분히 들여다보고 이 순간이 얼마나 경이로운 것인지, 행복한 순간인지를 불현듯 깨닫게 된다면 이 글의 역할은 족할 것이다.

이종욱

CONTENTS

Part 2 일상에도 과학이 깃들어 있다면

Part 4 되돌아보니 알 것 같은 일상에 대하여

Part1

처음이라 **모르고 지나쳐**버렸다면

01

첫, 시작, 새로움 그리고 사랑

'첫'이라는 단어가 갖는 의미는 대단하다. 이전에 존재하지 않던 것도 자연스럽게 만들어 내고 이내 비롯된 마음은 새로운 무언가를 시작하는 원동력으로 작용한다. 삶은 언제나 '처음'에서 비롯되기 마련이다. 당연한 얘기일지도 모르겠지만, 늘 '처음'은 우리에게 새로운 감정을 안겨 준다.

우리가 살아가며 '처음'이 아닌 것이 있을까? 사실 모든 것이 처음이다. 이렇게 글을 써 내려가는 것도 일상인 동시에 새로운 나의 처음과 마주하는 순간이다. 비록 글의 형식은 이전과 별다를 게 없지만, 쓰이는 글자 하나하나는 지금 현실의 모습 그대로 '날 것'이자 '처음'인 것이다.

그래서인지 '첫', '처음', '시작'에 강렬한 의미를 부여하는 것 같다. '처음'이라는 단어 앞에서 스스로 의지를 다잡는 모습을 발견할 수 있으니 말이다. 언어가 갖는 힘이 바로 여기에 있다. 생각한다는 것은 '내 안의 언어' 작용이다. 단어를 떠올리면 그 단어가 의미하는 행동을 하게 된다. 그래서 좋은 말을 하고 좋은 생각을 하는 것은 그만큼 중요하다.

생각해보면 매일 하는 출근도 오늘의 나와 '첫' 만남이다. 매일 아침 출근 때마다 좋은 말, 좋은 글로 좋은 생각을 이어가겠다고 다짐하는 이유가 여기에 있다. 작은 바람일 수 있으나 삶의 기본을 구성하는 시작이다. 역시 모든 것은 처음이기에 처음처럼 대해야 한다. 행동을 구속하는 언어의 마술처럼 긍정의 마술로 세상을 대하다 보면 긍정의 행복이 함께할 것이기 때문이다.

마음을 다잡는데 '첫'의 의미는 그만큼 강렬하다. 새롭다는 것은 항상 가슴 설레게 한다. 새 옷을 입어도 그렇고 새 신발을 신어도 그렇다. 새로움이 선사하는 설렘은 어디서 오는 것일까. 그것은 새로움 속에 있는 약간의 긴장에 있다. 새로운 것은 익숙하지 않으니 다르게 보이고, 다르게 보이기에 심적으로 약간의 긴장을 유발하지 않던가. 이 긴장이 결국 설렘의 원천이다. 긴장하여 설렌다는 건 집중력을 강화시키는 장점이 있다. 익숙한 것과는 다르기에 집중해야만 그 다름을 넘어설 수 있기 때문이다. 다름을 평상시와 같음으로 유지하기 위해서는 지속적인 관심이 필요하다. '새로움', '시작', '첫'이 주는 의미는 이런 것이 아닌가 한다.

오늘도 나의 '첫' 일상과 마주한다. 마주한 지금을 어떻게 설계하고 이루어 나갈지도 머릿속에 그려본다. 월급쟁이 어느 시절이 호시절이 있을까만, 그래도 그 주어진 상황에서 기꺼이 살아낼 수 있을 거란 긍정의 마인드로 대한다면 그 또한 못 이겨낼 것은 없다고 본다. 어렵다, 힘들다고 정의 내리면 힘들 것이고 그래도 버티고 헤쳐 나갈 수 있을 거라고 최면을 걸면 파고를 넘을 수 있을 것이다.

시너지를 얻고자 한다. 그대의 아우라가 더하여 밝은 빛이 더욱 화사해지기를 바라본다. 또 하루의 첫 시작을 이렇게 힘차게 내딛는다. 그대의 사랑을 배경으로 새로운 그림을 그리려 한다. 여백에 명암으로만 그려내는 수묵화도 좋지만, 물빛으로 화사하게 물들이는 수채화로 그려보려 한다. 그 속에는 반드시 그대의 모습이 그려져야 함은 자명하다.

인연의 시간이 오롯이 담긴 그림이 완성되는 그날이 오면 동영상처럼 펼쳐진 그림을 놓고 추억을 하나씩 풀어내는 실마리로 삼을 수 있을 것이다. 식지 않고 변치 않은 사랑은 유행가 가사처럼 "익어가는 것"임을 알게 될 것이다. 그렇게 작은 사랑을 가득 담아 출발한다.

사랑한다.

02

'적정 운동량' 이란?

신년이 되면 많이 하는 다짐 중의 하나가 "건강을 위한 운동을 어떻게 할 것인가?"라는 고민일 것이다. 아프지 않고 건강한 삶이야말로 인간이 추구하는 최종 목표 중의 하나이기 때문이다. 시름시름 앓으면서 백세 시대를 누려봐야 아무 소용이 없다는 것을 부모 세대를 지켜보면서 나름 깨달은 것이다.

그래서인지 사는 날까지는 아프지 않고 건강하게 사는 방법을 고민하게 되는데, 건강을 고민하는 사람이라면 그 귀결이 운동이라는 것을 쉽게 알게 된다.

호모 사피엔스는 농경 생활로 들어서기 전까지 수렵채집 생활에 적응했던 종이다. 하루에 적어도 20km 이상을 걷거나 뛰어다니며 사냥을 하거나 채집을 해야 생존할 수 있었다. 그렇게 적응한 신체 능력이 농경생활로 인하여 크게 움직이지 않아도 되는 쪽으로 변화되었지만, 그 시절은 호모 사피엔스 진화 단계 중 최근의 현상에 지나지 않았다. 호모족의 등장은 대략 200만 년 전이고 사피엔스는 20만 년 전에 분화되지만, 농경의 시작으로 인한 정착 생활은 대략 1만 년 밖에 안 되었기에 인류의 역사에서는 정말 한 달 전에 일어난 사건에 지나지 않는다. 몸은 움직이고 뛰어야 하는데 움직이지 않고 뛰지 않으니 당연히 부작용이 온다. 매일 과도한 칼로리를 섭취하니 에너지가 쌓이기 시작한다.

사용되지 못한 에너지는 결국 지방으로 쌓여 체중이 늘어나는 결과를 초래한다. 체중이 늘어나면 우리 몸은 서서히 이상 신호를 보내기 시작한다. 몸을 움직이면 숨이 가빠져 오는 것을 시작으로 우리 몸을 지탱하는 관절은 체중을 감당하기 힘들다는 신호를 보내기도 한다. 움직임이 힘들어지니 몸을 더 쓰지 않게 되는 악순환이 반복되고 만다. 만병의 근원은 우리 신체 본연의 조건을 망각하고 움직임을 줄이는 데 있었다. 먹은 만큼 움직임으로 에너지를 사용하면 배가 나올 수가 없다. 건강에는 과함과 모자람이 없는 균형을 유지하는 것이 정답이다. 에너지 섭취의 중용 상태를 유지하는 일, 현재 우리의 삶에서는 참 지키기 어렵고 힘든 수행이 되고 있다.

그래도 나는 나름대로 시간 내서 운동을 빠지지 않고 하는 편이지만 이놈의 코로나19로 인해 운동의 리듬이 완전히 깨져 있다. 코로나19 이전에는, 밖에서 뛰기 추운 겨울에는 주말마다 동네 사우나에서 트레드밀도 뛰고 주중에 집에 일찍 오는 날에는 골프연습장에도 내려가 한 시간씩 운동 삼아 골프채도 휘둘렀다. 그런데 이런 운동 패턴조차 코로나19로 인해 완전 중지 상태이다. 다행히 매일 아침 샤워하고 체중계에 올라서는데 오늘 아침도 68.4kg을 찍는다. 올해 체중 목표도 일단 "70kg을 넘기지 말자"로 세우고 있지만, 지금처럼 운동을 못하는 추세로 가다간 이번 달을 못 넘기고 한계체중에 다가설 듯하여 걱정이다.

사실 '운동 부족'이란 생활 움직임을 통해 어느 정도 해결할 수는 있다. 계단을 오른다거나 하는 방법을 통해서 말이다. 하지만 이 생활 움직임이 말처럼 쉬운 일이 아니라는 것은 다들 잘 알고 있을 거라 생각된다. 결국, 운동이란 강제로 패턴화해야 그나마 가능하다.

그래서 나는 거실에 요가 매트를 깔고 1시간 정도 스트레칭을 하며 팔

굽혀펴기 30회, 누워서 복근을 이용해 발 들어올리기 30회를 5세트씩 하는 것으로 부족한 운동을 보충하고 있다. 10㎞씩 조깅을 하며 땀 흘리던 습관이 있어서 땀이 나지 않는 운동은 운동으로 치지도 않지만 그래도 이나마 해서 근력을 유지할 수 있을 것 같다는 최면을 계속 걸고 있다.

추울 때 동네 사우나에서 트레드밀이라도 뛰며 땀을 흘릴 때가 좋았는데 이젠 그나마 추억이 되어 버렸다. 트레드밀 뛸 때는 "이걸 왜 뛰고 있지?"하는 회의감에 수없이 속도를 줄이곤 했는데 말이다. 사실 트레드밀 뛰는 것만큼 지루한 운동도 없다. 그저 아무 생각 없이 발판이 움직이는 데로 안 떨어지기 위해 발을 움직여야 하는데, 어떻게 보면 아주 무미건조한 행위이다. 그나마 트레드밀 앞에 TV 화면이 있어 영상이 있으면 신경을 분산시킬 수 있긴 하다. 그거라도 없으면 주변에 다른 사람이 같이 뛰거나 걸어주면 위안이라도 된다. 30분 넘게 뛰다가 걷다가 하다 보면 "지금 뭐 하는 거지?"라는 의문이 들기도 한다. 트레드밀을 뛰는 한계점이다. "건강을 위해서 꼭 이걸 뛰어야 하나? 그냥 찜질방에 누워 땀 흘리면 같은 효과 아닐까?", "똥배를 집어넣기 위해서 하는 건가?" 뭐 이런 핑계들을 자꾸 떠올린다. 이런 핑계들은 그만 뛰어도 된다는 유혹으로 바뀌기도 한다. 이 유혹의 한계점을 넘으면 1시간 정도를 더 뛰고, 그렇지 못하면 스위치를 끄게 된다.

그래서 동반자가 중요하다. 혼자 하면 힘들게 느껴지는 것도 같이 하는 사람이 있으면 거뜬히 이겨내고 한계를 넘어설 수 있다. 시너지 효과다. 이는 단순히 기분 탓이 아니라 뇌과학과도 연관이 있다. '함께'하면 우리 뇌에 있는 미러 뉴런이 활성화돼 아드레날린을 분비하게 된다고 한다. 힘든 것도 함께하면 거뜬히 이겨낼 수 있는 이유가 여기에 있다. 운동은 어차피 개인적이다. 남이 같이 뛴다고 해서 내 근육이 더 늘어나는 것은 아니니 말이다. 하지만 누군가와 함께 뛴다면 그 역량은 배가 될 수 있다. 마라톤에서 페이스메이커를 두는 이유이기도 하다.

결국, 운동도 요령이다. 운동의 효과를 끌어올리기 위한 수단과 방법이 있다는 것이다. 무작정 뛰고 지치도록 운동해봐야 근육만 피곤해진다. 피곤하다는 건 근육에 젖산이 쌓이고 이것이 근육의 힘을 키우는 것이라고 위안을 할 수 있으나, 이것은 운동이 아닌 노동이 된다. 이제 중년의 나이가 되면 근력 운동을 체계적으로 늘려 나가야 한다. 나이가 들수록 호르몬의 양이 변하니, 젊은 날 하던 운동량 가지고는 신체 기능을 유지하기 힘들어진다.

변한 만큼 더 움직여야 하고 근육의 힘을 유지하기 위한 강화훈련이 필요하다. 그렇다고 나이를 넘어선 무리한 운동 또한 좋지 않다. 적당히 해야 하는데 그 선을 찾기가 힘들다.

세종대왕의 건배사인 '적중이지(適中而止, 적당한 가운데 그쳐라)'의 의미가 운동에도 적용된다. 중용(中庸)은 '과하거나 부족함이 없이 떳떳하며 한쪽으로 치우침이 없는 상태나 정도'를 말하지만, 활시위가 팽팽히 당겨져 있는 상태를 의미한다. 운동에도 적중이지와 중용이 필요한 것 같다. 내 몸의 상태에 따라 운동량을 맞추어 조절하고 적당량보다 조금 더 할 수 있는 수준. 참 어려운 계량이긴 하지만 맞춰야 하는 것이 현실이다. 이를 지키지 못하고 과욕을 부려 물도 마시지 않고 계속 운동하면 목이 칼칼해지는 부작용이 온다. 적당히 운동하는 지혜가 필요한 나이가 되었기 때문이다.

코로나19로 줄어든 운동량을 늘릴 수 있는 묘수를 짜내 보자. 생활 움직임을 늘리는 것이 최선이라는 결론이긴 하지만, 실천하는 일이 제일 중요하다는 것을 눈치채게 될 거다. 배는 계속 나오고 전철역 계단만 올라도 숨이 가빠진다면 운동을 체계적으로 해야 할 때다. 마스크를 쓰고 아파트 주변을 뛰던지, 주말에 인적 드문 둘레길을 걷던지, 트레드밀을 뛰던지, 운동으로 체력을 키워보는 것은 어떨까. 아니 체력은 둘째 치고 똥배라도 집어넣는 노력이라도 함께 해보자.

03

삶은 선택의 연속이다

아침잠에서 깨어남과 동시에 우리는 무언가를 선택해야 하는 운명이다. 잠은 깼지만, 자리에서 일어날 것인지 말 것인지? 양치를 할 것인지 하지 않을 것인지조차 내가 선택하고 행동하는 것이다. 잠에서 깨는 것 자체를 선택할 수 있을까? 잠에서 깨는 것은 선택이라기보다 본능이지 싶다.

일찍 일어나야 한다고 전날 저녁에 각인을 하고 잠이 들면 새벽에 잠이 깨기도 하지만 이를 선택이라고 이름 붙이기에는 다소 어색하다. 선택은 의식이 있고 나서 본인의 의지에 의해 벌어지는 현상을 말하기 때문이다.

"말을 할까 말까 망설일 때는 하지 말며, 무언가 줄까 말까 망설일 때는 주고, 갈까 말까 망설일 땐 가며, 살까 말까 할 때는 사지 말고, 먹을까 말까 할 때는 먹지 마라." 일상 선택의 기로에 섰을 때 삶의 지혜로 자주 인용되는 말이다. 망설임을 벗어나 결정의 선택은 바로 행동을 가져오며 이는 곧 그 사람의 모든 것을 결정하게 되기 때문이다.

위 문장은 아주 소소한 조심스러움처럼 보이지만 과감한 행동이 숨어 있다. 망설인다는 건 무언가를 선택하고 행동하기에 시간이 필요하다는 의미이지 않던가. 그렇다면 무엇이 됐든 하지 않는 편이 좋을 수 있겠으나, 누군가에게 무엇을 주고 어딘가를 가는, 그러니까 인간관계를 맺고 살아가는 사회 안에선 하기 싫어도 해야 하는 일이 있다는 의미일 것이다. 삶의 지혜로 인용되는 저 문장은 결국엔 '인간관계론'에 관한 이야기다. 최선의 선택을 하여 무리 없이 사회생활을 영위할 수 있게 하는 작은 표상 같은 거라고나 할까? 어차피 삶은 선택의 연속이다. 하지만 삶의 선택은 단순히 이것 아니면 저것이라는 저급한 수준의 골라냄이 아니다.

살아가며 발생할 수 있는 선택의 길에서 하나를 결정하는 건 아주 엄청나게 중요한 일이다. 매일 매번 매초 발생하는 선택이 이렇게 중요함에도 우린 그저 당연한 것으로 치부할 만큼 무관심하게 선택을 하는 것으로 받아들이곤 한다. 선택을 관조하지 않기 때문이다. 일상의 반복으로 인해 무조건적으로 선택해도 삶에 위협을 받지 않는다고 생각해서다. 하지만 좀 더 효과적이고 좀 더 깨어있는 자세로 선택을 하는 자세가 중요하다. 같은 선택을 해도 질적으로 차이가 있다는 거다. 겉으로 보기엔 똑같은 선택이지만 그 내면은 하늘과 땅 차이다. 그것이 세상을 보는 자세이다.

선택의 시각 문제는 사무실에 있는 화분 몇 개를 보아도 알 수 있다. 회색의 사무집기와 흰색의 벽면, 아이보리색 천장의 색깔 속에서 화분들은 눈에 띄는 녹색을 담고 있다. 무생물 세계의 환경 속에서 유일하게 생명을 간직하고 있다. 생명으로 화분을 보면 매일 인사하고 매일 물도 주게 된다. 세상을 어떻게 볼 것인가의 자세는 바로 바깥세상의 사물을 어떻게 대해야 하는가에 대한 선택의 문제였던 것이다.

생명의 진화에서도 보면 단세포에서 다세포 생물로 오면서 죽음을 진화시켜 왔다. 진화도 자연선택의 단계이다. 미토콘드리아를 통한 호흡으로 ATP라는 에너지를 만들어 생명의 원천으로 삼아왔다. 식물이나 동물이나 근원을 따라가면 똑같은 출발점에서 시작하는 것을 알게 된다. 생명을 가진 모든 존재에서부터 무생물의 존재에 이르기까지 공진화의 선택은 바로 우주의 존재 원리였던 것이다. 살아있는 모든 생물은 138억 년 우주의 진화에서 일어난 선택된 산물이며 46억 년 지구 역사가 고스란히 담겨있는 어마어마한 선택된 존재들이다. 우리가 길가에 피어나는 이름 모를 야생화와 어둠 속에 기어 다니는 바퀴벌레 한 마리까지도 소중하게 여겨야 할 이유이다.

사무실 한 구석의 작은 화분이지만 그 좁은 토양에서도 양분을 흡수하고 태양빛과 유사한 형광등 불빛의 광자를 받아 광합성을 하여 잎과 줄기를 키우고 꽃도 피워내 씨앗도 만들어 낸다. 생명의 선택은 그렇게 온갖 곳에, 아니 온 세상에 널려 있는 일상이었던 것이다. 초록의 잎도 미토콘드리아 호흡을 하는 동안 자유 래디컬(Radical)이 쌓여 산화되고 자연의 원래 자리로 돌아갈 거다. 자연의 부름은 서서히 노화되고 잎이 바라는 형태로 나타난다.

인간을 제외한 모든 생물은 자연의 노화 현상과 죽음을 기꺼이 받아들인다. 인간이 자연에 배워야 할 덕목이다. 기꺼이 받아들이는 포용력의 선택 말이다. 인간만이 이 자연의 순환 고리를 중간에 끊어 생존의 일탈권에 개입한다. 인간의 오만이다. 바로 선택에 인간의 의지를 끼워 넣었기 때문이다. 선택에 의해 세상에 오지 않았지만 선택되었다는 것을 자각하는 순간, 결말도 본인의 의지와 상관없이 온다는 것을 알아차린다.

그래서 그 중간과정은 본인이 끝없이 선택하는 과정임을 알고 선택을 통해 벗어나고자 했던 그 무엇을 끝없이 추구한다. 본질을 떠나 상상의 존재를 만들어낸 인간이 결코 빠져나오기 힘든 수렁이 바로 오만(hubris)이었던 것이다.

스스로 자각 하는 일, 이 또한 선택이다. 우주 자체가 선택의 연속선상에 있기에 일개 인간의 삶 또한 선택의 연속임은 자명하다.

오늘은 어떤 선택으로 삶의 한 페이지를 써나갈까?

04

버려? 말아? 안돼, 할 수 있어!

세상 살면서 욕심을 내려놓을 수가 있을까?

곰곰이 생각해도 가능할 것 같지 않다. 산다는 것 자체가 욕심을 바탕으로 하고 있는 것일 텐데 그걸 내려놓는다? 쉽지 않은 일이다. 그만큼 어렵기 때문에 산사로, 수도원으로 들어가 면벽 정진, 묵상을 하는가 보다. 그렇게라도 해야 겨우 수습되는 일인가 보다. 속세에 사는 범인들이야 언감생심이다. 하루에도 아니 한 시간 만에도 온갖 욕심이 터를 잡고 팔목을 끌어댄다. 더 좋은 것, 더 많은 것, 더 편안한 것, 더 따뜻한 것,

더 시원한 것을 찾게 한다. 그것이 사는 것이다. 욕심에 점철된 삶. 그 안에서 조금 내려놓고 뒤돌아보고 과하지 않았나 반성해보고 욕심과 내려놓음의 중간쯤 어딘가를 걷고자 하는 것 말이다.

사실 욕심의 발로는 '비교'에 있다. 내 옆에 있는 모든 것, 내 눈에 보이는 모든 것과 비교를 하기 때문이다. "옆집은 아예 TV를 없애버리고 벽면에 프로젝터를 쏘는 걸로 바꿨데. 영화관이 따로 없다는데.", "차도 바꿨다는데. 사업이 잘 되시는가 보네. 부럽네."로부터 시작해 전철 칸 앞좌석에 앉은 사람의 화사한 외투조차 눈에 거슬린다. "와우! 저분은 계절을 앞서가시는데. 얇은데도 캐시미어라 춥지도 않고 멋을 제대로 내셨네. 근데 좀 비싸겠지?" 등등 비교란 녀석은 경계도 한계도 없다. 비교하고자 하면 무궁무진 끝이 없다.

이 '비교'란 녀석은 대부분은 내가 가지지 못한 것에 대한 부러움을 기반으로 한다. 내가 이미 가지고 있거나 가치가 낮다고 생각되는 것과의 대조를 비교라고 하지는 않는다. 그래서 욕심의 근원이 되는 것이다.

그런데 '비교'는 나의 체력과 관계있다. 신체 건강하고 기력이 왕성할 때는 비교보다는 질적인 차이를 보려고 하지만, 심신이 지쳐있을 때는 비교를 먼저 한다. 비교하는 것이 쉽기 때문이다. 바로 에너지를 절약하고자 하는 방향으로 진화한 우리의 브레인이 바로 이 '비교'의 근원이었던 것이다.

심신이 지쳐있으면 고단위의 분석이 필요한 쪽으로 생각하지 않으려한다. 생각하는데 에너지가 많이 들기 때문이다. 쉽고 빠르게 할 수 있는 방법을 찾아낸 것이 바로 '비교'다. 비교하는 것은 너무 쉬운 일이다. 그냥 들이대고 눈에 보이는 차이만을 발견해 내면 된다.

하지만 '비교'는 '상대적'이라는데 문제가 있다. 공부만 해도 그렇다. 실력은 절대적이지만 성적은 상대적이다. 전국 고등학교에서 1등 하는 우등생만 모아 놓고 시험을 보면 거기에서도 1등과 꼴등이 정해진다. 반대로 전국 고등학교에서 꼴등 하는 열등생만 모아 놓고 시험을 봐도 거기에서도 1등과 꼴등이 정해진다. 등수는 성적과 절대적인 관계있는 것이 아니라는 이야기가 된다.

마찬가지로 내가 사는 집이 10억짜리인데 주변에 100억 대 펜트하우스가 널려 있다면 초라해 보일 테지만, 오래된 연립주택 사이에 독보적으로 위치해 있다면 돋보이는 집의 소유자가 될 수 있다. 바로 가치를 어디에 두느냐에 따라 '비교'의 가치도 천차만별로 다가온다.

그렇다면 이 '비교'를 어떻게 끊어낼 수 있을까? 예수님은 광야에서 40일을 고행하셨으며 부처님은 6년이나 보리수 아래에서 정진하셨다. 깨달음도 비교의 고리를 끊어내는 속세의 욕심을 버리는 일이다. 인류의 선각자들이 그런 고행 속에 깨달아 내놓은 것들을 따라 하는 것이 종교의 기본이다. 그만큼 어려운 일을 해내신 분들을 존경하는 일이다. DNA에 각인되어 진화되어온 인간의 본성인 비교와 욕심의 근원을 새롭게 승화시키는 일은 몇몇 성자들에게만 허락되는 영역일까?

사실 비교가 나쁜 것만은 아니다. 적절한 비교는 삶의 원동력이 되어 도전이라는 결과를 낳기도 하니 말이다. 그렇게 시작된 도전은 스스로 발전하는 계기가 된다. 그렇기에 적절한 비교를 넘어선 지나친 비교가 문제가 될 수 있다고 할 수 있다. 적절한 비교와 지나친 비교, 이 둘의 경계는 애매하고 모호해 쉽지 않다. 결국엔 나만의 정의가 필요하다는 이야기가 된다. 스스로 찾고 기록하며 나만의 독창적인 비교에 대한 정의를 찾아야 한다.

그런 행위 자체가 누군가에게는 비교의 대상이 될 수 있다. 하지만 남들의 시선과 비교를 내려놓고 나에게 집중하는 일이기도 하다. 나만의 일, 나만의 만족으로 비교를 내려놓는 일이다. 그래야 지금 내가 가지고 있는 것, 하고 있는 일에 만족할 수 있다.

비교의 시선을 없앨 수 없다. 쉽지 않은 일이다. 그렇지만 끊임없이 내려놓고 버려야 한다. 매일 주식의 오르내림을 지켜보며 감정의 기복도 따라 움직여봐야 결국 원점임을 깨닫게 된다. 하지만 그 과정이 순탄치만은 않다. 당장 내 눈앞에서 돈이 줄었다 늘었다 하는 모습을 보이는데 어찌 비교란 녀석을 떨쳐내기가 쉽겠는가. 그럼에도 비교로 인한 현상을 알아차렸다면 성공했다고 할 수 있다. 그래야 주식 차트의 높낮이 변화에도 초연할 수 있으니 말이다. 비교란 녀석은 그런 놈이다.

비교하려고 하면 계속 비교하게 되고, 내려놓고 바라보면 그 또한 아무것도 아닌 것이었음을 눈치챈다. 비교란 놈은 결국 내 마음이 만들어낸 가치이기에 있다가도 사라지고, 사라졌다가도 다시 생기는 신기루와 같다. 그냥 내려놓으려는 마음에 달려 있다.

어찌할 것인가?

비교의 시선으로 욕심과 욕망에 끌려가겠는가?
아니면 내려놓고 홀가분하게 세상을 살아보겠는가?

코로나 바이러스의 창궐로 인해 인사말이 바뀌었다.

"요즘 어떠세요?", "건강하시죠?", "잘 지내시죠?"와 같은 평범했던 인사말이 "코로나는 피해 다니고 계신 거죠?", "코로나로부터 가족들은 안전하신가요?", "코로나 피해서 재택근무하고 계시나요?", "코로나 때문에 사업이 힘드실 텐데 어떻게 버티시나요?"처럼 모든 인사말에 그놈의 '코로나'가 선행사로 등장한다.

인사말은 일상을 시작하는 '시작 언어'이다. 이 일상 언어에 '코로나'가 섞여 들었다는 것은 그만큼 일상에서 차지하는 코로나바이러스의 위상이 절대적임을 보여주는 것이다.

반갑지 않고 달갑지 않은 용어의 섞임이다. 빨리 분리해내야 할 텐데 그 분기점은 자꾸 멀어져 아득해져 가고 있는 것 같다. 온 국민이 노력하고 참아내고 있는 와중에도 꼭 미꾸라지 같은 존재들이 생겨난다. 천차만별의 다양성이 존재하는 사회에서 각자의 개성은 인정해야겠지만 '타인에게 피해를 주지 않는 범위 내'라는 철칙은 지켜져야 한다.

백신 접종이 속도를 가속해 빨리 코로나 없는 일상으로 되돌아가야 할 텐데, 아직 지구촌이 감염에서 벗어나기에는 시간이 필요하다. 하지만 걱정과 공포보다는 마스크 착용과 같은 개인위생을 철저히 하여 백신 접종으로 인한 집단면역이 생길 때까지 바이러스 확산을 최소화하는 방법을 병행하는 것이 지금으로서는 최선의 방책으로 보인다.

인사말에서 코로나가 사라지는 그날이 빨리 오기를 바라본다. 그래서 아침인사에 "잘 지내시죠?", "상쾌한 아침입니다!", "건강해 보이십니다."라는 긍정의 언어들이 다시 등장하기를 말이다. 아니 꼭 긍정의 물음에 긍정의 단어로 대답을 하지 않아도 "네 뭐 그저 그렇습니다."라는 평범한 답변이라도 되돌아와 주기를 바란다.

우리는 살면서 "그저 그래"라는 표현을 자주 사용한다.

이 표현은 루틴한 패턴을 가지고 있어 안정된 상태를 설명할 때 주로 쓰인다. "별일 없이 그럭저럭 살고 있어."라는 표현도 비슷할 것이다. '특별하지 않은 보통의 평범한 삶'은 쉬울 수도 있고 어려울 수도 있는 삶의 형태이지만, 곰곰이 생각하면 어려움에 더 가까울 수 있다는 생각이다. 요즘 같은 코로나 시국에는 이 무뚝뚝한 표현조차 듣기 힘들어졌지만 말이다.

그런데 그 어려운 듯한 것이 오히려 활력으로 작용한다는 것을 눈치챌 수 있다. 마냥 편한 것, 마냥 즐거운 것, 마냥 행복한 것을 갖춘 유토피아적 환경이라면 인간의 본성은 금방 질리게 된다. 좀 더 자극적인 것, 좀 더 어려운 것, 좀 더 도전적인 것을 찾게 된다. 긍정적으로는 익스트림 스포츠에 관심을 갖고 부정적으로는 마약과 같은 약물에 의존하기도 하는 형태로 변화한다.

'자유가 자유를 퇴보시킨다'는 '자유의 역설'은 상상을 현실 세계에 구현하기 시작한 호모 사피엔스의 원죄 때문에 끝없이 자극을 받고 해결해

내고 다시 문제를 만들어 내는 과정이 사이클을 그리듯 반복되는가 보다. 그 순환 사이클은 바로 '적응'이라는 생물학적 진화하고도 맞물려 있다. 우리가 사회나 회사에 적응했다고 하는 것은 주어진 환경에 적합한 삶의 패턴을 찾았다는 뜻이다.

넓고 깊게 볼 것도 없이 현대를 사는 모든 사람들의 관심인 '비만' 문제만 봐도 쉽게 알 수 있다. 호모 사피엔스로 살기 시작한 20만 년 전, 우리 인류가 대부분의 시간을 보냈던 수렵 채집기에는 고칼로리 음식이 흔하지 않았다. 그래서 음식을 지방으로 저장하는 생리 시스템이 오히려 생존과 번식에 매우 유리했다. 다시 말해 그런 시스템은 하나의 적응이었고, 생존을 위해 좋은 것이었다.

하지만 오늘날처럼 고칼로리 음식이 사방에 널려 있는 환경에서도 이 적응시스템은 여전히 작동 중이다. 생물학적 변화가 급속한 환경의 변화를 도저히 따라잡을 수 없었기 때문이다. 비만은 그래서 생긴 일종의 질병이다.

하지만 비만이 적응이라고 해서 우리가 피할 수 없는 것은 아니다. 고칼로리 음식을 피하거나 줄이면 된다. 균형을 유지해야 한다. 건강의 철칙이다. 아무리 좋은 음식도 균형을 유지하고 있는 몸에는 영양학적으로 사실 필요 없다.

균형에 못 미치는 몸에 균형을 잡아주기 위해 필요한 것이 음식이다. 맛이라는 중독의 중추를 통해 균형을 무력화시키는데 속수무책으로 당하기도 하지만 말이다.

산다는 건 결국 적응하고 일상이 되는 걸 의미한다. 적응하고 맞춰 나가고, 그러다 보면 패턴이 생기고, 그 패턴을 여러 번 거치다 보면 일상이 되고, 일상이 모이면 결국 삶이라는 단어로 표현되기 때문이다. 그렇게 적응하고 일상이 된 삶을 살아가며 한 사람의 일생을 그리게 된다. 나의 화폭엔 지금 어느 정도의 그림이 그려져 있을까? 밑그림은 제대로 그려낸 걸까? 그려낸 배경 속의 주인공이 똥배 나온 모습으로 등장하는 것은 원치 않는다.

목표가 있는 밑그림을 그리다 보면 멋진 수채화도 되고 유화도 되며 수묵화도 그려질 거다. 하루가 다르게 초목에 물이 오를 텐데 배만 살찌울 수는 없다. 이제 뱃살에 저장해둔 에너지를 이용해 자연을 맞으러 움직여야겠다. 그러다 보면 꽃이 만발한 화사한 그림 속을 거니는 자신을 발견할 수 있을 것이다.

코로나를 저 멀리 물리치고 말이다.

저벅저벅…후다닥

아침 출근길 전철 안.

왕십리역에서 2호선을 갈아타려고 환승을 한다. 이른 시간임에도 제법 승객들이 플랫폼에 꽉 찼다. 전철이 들어온다. 플랫폼에 접어든 전철이 속도를 줄이고 스크린 도어에 맞추어 천천히 멈춰 선다. 이 순간에 눈은 전철 안 좌석을 재빨리 스캔한다. 빈자리가 어디인지 찾고자 함이다. 전철이 들어오는 방향을 따라 눈동자가 좌에서 우로 휙 돌아가며 목표로 할 자리를 찍는다.

"문이 열리면 우측으로 돌아 바로 옆에 있는 빈 좌석을 선점한다."

"아니 우측 빈자리는 옆에 뚱뚱한 아저씨가 앉아 있으니
좌측으로 방향을 바꿔 아가씨 옆자리로 가야지."

짧은 시간 동안 빈 좌석의 주변 단서를 통해 상황판단을 하고, 발걸음
의 방향을 정한다.

물론 그나마 빈 좌석이 눈에 보였을 때 벌어지는 머리 굴림이다. 전철
이 플랫폼에 들어와 천천히 속도를 줄일 때 건너다 본 전철 안에 빈자리
가 없으면 눈동자 돌림을 포기하고 그냥 반대편 출입구 한쪽으로 가서
선다. 그나마 반대쪽 문은 계속 열리지 않을 테니 다른 사람이 타고 내림
에 신경 쓰지 않아도 되기 때문이다.

그런데 오늘 아침 플랫폼을 들어오는 전철 칸에 승객이 한 명도 없다.
"이게 무슨 일이지? 바로 전 역에서 출발하는 전철도 있었나?" 궁금증이
있었지만, 전철 출입문이 열리기 전까지 잠시 여유가 생긴다. 전철을 탑
승하기 위해 줄을 섰으나 빈 좌석 대비 사람이 많지 않다. 문이 열린다.

내가 찍어 둔 빈 좌석을 향해 발걸음을 옮긴다. 우측으로 돌아, 가운데

자리에 앉는다. 빈칸이라 조급할 필요가 없다. 천천히 걸어 여유롭게 자리에 앉는다. 휴대폰 속 콘텐츠를 둘러보는데도 여유가 생긴다. 이메일도 체크하고 페이스북과 인스타그램도 둘러본다. 그렇게 여유 속에 몇 정거장을 지나는 동안 빈 좌석들이 대부분 채워진다.

그러다 문득 사람들의 발걸음이 빨라짐을 눈치챈다. 문이 열림과 동시에 후다닥 뛰는 발걸음 소리가 들린다. 빈자리를 찾아 뛰어가는 소리다. 빈자리에 비해 타는 사람이 많다는 뜻이고 그 빈자리를 차지하기 위해 경쟁이 붙었다는 의미가 되기도 한다. 여유가 사라진 발걸음 소리에는 조급함과 서두름, 승부욕이 겹쳐 있다. 이겨야 차지할 수 있는 자리로 보이기에 뛸 수밖에 없다. 이겨서 앉아야 출근길이 편안하다고 생각하기 때문이다. 그나마 빈 좌석에 투수가 투구하듯 가방을 던지고 뛰어가는 사람이 없길 다행으로 여겨야 할까?

여유를 가질 수 있느냐 없느냐는 출근길 지하철의 빈 좌석을 두고도 명확하게 알 수 있다. 제한된 것이 눈에 보이고 이 제한된 것을 차지하려는 사람이 많다는 인식을 하는 순간, 그 제한된 것을 차지하려는 인간 심리는 교묘하게 경쟁을 부추긴다. 생존 본능의 발현이라고 치부해 버릴까?

사실 이 상황에서는 많은 변인이 작동한다.

몇 정거장 안 가는 사람은 빈 좌석이 있어도 앉지 않고 서서 가는 사람도 있을 테고, 몇 정거장 안 가지만 그래도 앉아서 체력 비축을 하는 사람도 있을 것이다. 뭐 치질이 있어 앉는 게 오히려 불편한 사람은 일부러 건강한 척 어깨 펴고 그냥 서 있을 수도 있다. 그리고 생활운동을 통해 체중을 줄이고자 하는 사람도 굳이 앉아 가려고 하지 않을 거다. 지난밤에 잠을 설친 사람은 빈자리에 앉아 부족한 잠도 잠시 청할 수 있을까 하여 앉아가길 원하겠고, 두 손을 다 써가며 문자를 보내고 싶은 사람, 게임에 집중하고 싶은 사람도 빈 좌석에 휙 눈 돌리며 찾아가 앉을 것이다.

이렇게 전철의 빈 좌석 하나에 앉을지 말지에 대한 상황은 시간과 혼잡함, 그리고 사람의 묘한 심리가 곁들여져 복잡한 현상들을 만들어 낸다. 그저 앉아 있던 사람이 일어나고 다시 빈자리가 되어 편안함을 제공하는 공간을 넘어, 우리 삶의 현장이 무수히 교체되고 교환되는 '순환의 빈 좌석'이었던 것이다. 얼마나 많은 사람에게 편안한 쉼을 제공했을까? 다리 아픈 어르신에게는 쉬어가는 자리가 되었을 테고, 술 취한 취객에게는 따뜻하고 편안한 잠자리였을 수도 있다. 그렇게 서민들의 희로애락이 '빈 좌석' 한편에 묻어 있다.

지금은 빈 좌석 하나 안 보이고 내 앞에 서 있는 사람의 코트 자락만 보인다. 서민들의 여유는 사라지고 삶의 팍팍함이 대신한 듯해 짠한 마음이 든다. 이제 곧 내려야 한다. 다른 사람의 휴식을 위해 내가 앉았던 자리는 다시 '빈 좌석'으로 성향을 바꿀 것이다. 누군가에게 편안한 자리가 되었으면 좋겠다. 10분여 앉아 마음의 여유가 생겼음에 감사하며 따뜻한 철제 의자를 한번 쓰다듬어 보고 자리에서 일어난다.

고맙다.

이렇게 생각할 여유를 주어서 말이다.

우리는 갖고 있는 것에 대해 쉽게 잊는다.

그리고 갖지 못한 것을 추구한다.

당연한 인간의 욕구이다. 갖지 못한 것을 갖고자 하니 욕심이 생긴다.

조금 더, 조금만 더, 하다 보니 내가 갖고 있는 걸 놓치고 잊어버리곤 한

다.

심지어 내 몸에 달려있는 이 팔다리가 얼마나 좋은 것이었는지조차

잊고 지낸다. 하지만 손가락 끝을 종이에 베고 밴드를 붙여놓기만 해도 얼마나 불편한지 알게 된다. 세수하기도 거추장스럽고 옷을 입고 단추를 끼우기도 어색해진다. 이렇게 다쳐봐야 온전했던 손가락의 고마움과 소중함을 알게 된다.

다리는 또 어떤가? 미끄러운 빙판길을 조심스럽게 걷는다고 하지만 삐끗하여 접질리기라도 하면 발목이 시큰시큰 하고 제대로 발걸음을 옮기기도 쉽지 않다. 계단을 오를 때보다 내려갈 때 더욱 힘이 든다. 온전히 걷고 뛴다는 것이 그렇게 행복한 일이었음을 새삼 알게 된다.

왜 온전할 땐 좋은 줄 모르고 그게 행복인 줄 모를까?

이미 가지고 있기에 그렇다. 가지고 있는 것은 당연한 것으로 인식한다. 이미 그렇게 존재하고, 그렇게 기능을 하기에, 신경을 쓰지 않아도 되는 생존의 기본 기작이 작동하기 때문이다. "살다"의 기본 전제조건은 생존이다. 살아남으려면 위험 요소에 먼저 대응해야 하고 준비해야 한다. 이미 온전하다는 것은 사는데 전혀 지장을 주지 않으므로, 생존의 변수가 될 수 없다.

그러기에 우리의 브레인은 자연스레 온전함을 무시한다. 그래야 더 위험한 상황에 주의할 수 있기 때문이다. 지구 역사 46억 년 생명의 역사에서 생명의 대폭발이 일어났던 5억 5천만 년 전 캄브리아기를 시작으로 에너지 효율의 극대화를 위해 생명이 생명을 잡아먹는 순환의 사이클에 들어선 이래 DNA에 내장된 절대적 망각(Oblivion)의 사슬인 것이다. 한정된 자원을 효율적으로 사용하기 위한 최적의 적응인 것이다.

그래서 인간에게 가장 쉬운 것은 걷고 뛰고 움직이는 몸 운동이다. 이미 46억 년을 연습해온 장대한 시간의 누적을 통했으니 어느 존재보다도 월등히 잘 해낼 수 있다. AI 컴퓨터 알고리즘 로봇이 제일 못하는 것 중 하나가 정교하게 몸의 균형을 제어하여 걷고 뛰는 일이었는데 최근에는 이마저도 기술적으로 극복해냈다. 로봇 진화의 시간은 1년 단위로 바뀌고 있는 것이다.

AI 로봇은 계산하고 논리를 전개하는 데 있어서도 인간을 뛰어 넘었다. 이 역시 당연하다. 인간 브레인의 물리적 한계를 뛰어넘을 수 있는 방대한 외부 데이터베이스를 활용하니 더 정확할 수밖에 없다. 머신러닝을 통해 스스로 학습하는 기능까지 탑재했으니 1,400cc밖에 안 되는 인간의 두뇌를 뛰어넘는 일은 식은 죽 먹기다.

아마 미래에는 인간의 몸을 쓰는 일이 각광받는 직업이 되지 않을까 싶나. AI 로봇이 제대로 할 수 없는 일이니 말이다. 만약 하더라도 인간만큼 정교하게 움직이지는 못할 테니까. 그렇다고 몸을 쓴다고, 힘을 쓰는 것과 착각하면 안 된다. 몸에 내장되어 있는 유연한 근육을 활용해 해낼 수 있는 일을 찾아야 한다.

우리는 몸을 제대로 움직이고 있는 일상에 감사해야 한다. 아파 본 사람만이 건강한 몸이 얼마나 중요한지 알게 된다. 지금 마시고 있는 차 한 잔을 음미할 수 있고 천정을 타고 흐르는 벤틸레이션(ventilation) 공기의 흐름소리를 들을 수 있다는 것만으로도 우린 축복을 누리고 있음을 알아야 한다.

지금 내가 맞이한 새벽의 태양과 저 구름이 어제, 오늘을 살고 싶었던 어느 환자가 보고 싶어 한 것이었음을 잊으면 안 된다.

그만큼 우리는 소중한 시간 시간을 살아가고 있다.

그대가 옆에 계심 또한 소중한 감사임은 자명하다.

방향성을 갖고 다뤄야 하는 것이 시간이라지만, 겨울이 지나면 봄이 오는 계절의 순환처럼 시간 또한 나름의 규칙과 기억을 갖고 움직이는 거 같다.

아침 기온이 영상 1도. 영하의 기온을 갓 넘긴 온도를 가리킨다. 신문 한편에는 눈에 덮인 벚꽃 사진이 실렸다. 눈이 꽃인지 꽃이 눈인지 분간도 되지 않을 정도다. 덕분에 장롱으로 다시 들어가려던 트렌치코트를 잡아채 다시 입었다. 추워서 벌벌 떠는 것보단 들고 다니는 불편을 감수

하는 편이 훨씬 현명하기 때문이다.

 하지만 이미 지나온 시간 속에는 따뜻함이라는 마력이 깃들여져 있었기에 세상은 온통 꽃의 천지가 되어 버렸다. 하지만 안타깝게도 꽃의 시간은 그리 길지 않다. 꽃이 피었다는 이야기에 꽃구경을 가볼까 하면 이미 꽃은 지고 초록색의 잎으로 대치되는 것을 쉽게 볼 수 있다. 자연에는 딱 적당한 타이밍이 있음을 알 수 있다. 그 순간을 즐기지 못하면 1년의 순환을 기다려야 한다. 자연이란 간단치는 않지만, 반복을 허용하는 아량을 품고 있다 할 수 있겠다.

 다행히도 둘러보면 아직 세상은 온통 꽃으로 뒤덮인 시간 속에 살고 있다. 주위를 둘러보면 사방이 꽃이다. 이미 꽃이 진 자리에 초록의 새순이 대신하고 있는 나무도 있고 이제 만개해서 화사함을 뽐내는 나무도 있으며, 아직 꽃을 보여주기엔 수줍어하는 나무도 있다. 꽃의 개화시기에 대한 자연의 조화다.

 가만히 들여다보면 개화시기의 다름조차도 생존을 위한 철저한 적응과 연관이 있다. 꽃술의 수정이 필요한 나무들에게는 이 개화시기가 번성을 판가름하는 결정적인 순간이기 때문이다. 역시 화무십일홍이기에 이 열흘 동안 수정을 도와줄 벌과 나비와 같은 곤충들이 같이 공존해야 한다. 바로 움직이지 못하는 식물은 한계를 극복하기 위해 공진화하면서 곤충들이 깨어나는 시간과 맞추는 능력을 발전시켜 왔다. 그렇다고 곤충들이 깨어나 비행을 하는 시간에 한꺼번에 꽃들이 피면 이 또한 무한경쟁에 들어가게 되므로 시간차를 두어 피어나는 지혜도 필요했다. 그저 마당 한구석에 피어 있는 것 같은 목련나무 한 그루와 진달래 한 그루가 현명해 보이는 이유다.

곤충의 시선을 사로잡는 적외선을 많이 내보이는 흰색 꽃이 봄에 많이 피는 이유도 같다. 열매의 익음을 대변하는 빨간색은 계절의 정점을 지나 가을이 오면 기능을 발휘한다. 열매는 곤충보다는 동물들의 먹잇감이기에 꽃과는 다른 기능을 한다. 동물들이 시각적으로 빨간색을 인지하기 시작한 것은 포유류로 분화되기 시작하면서부터다. 자연은 어느 것 하나 그저 생기는 것이 아니다. 지구 역사 46억 년을 버티어내고 살아온 장구한 생명의 흐름이 함께 하며 지금의 순환 규칙을 만들어 낸 것이다. 길가의 풀 한 포기조차도 그냥 생겨난 것이 아니라는 이야기다. 오감을 곤두세워 세상을 바라보면 흐르는 바람 한 점, 햇살 하나까지 생명의 원천임을 알게 되고 옆에 무심히 지나가는 사람들의 모르는 얼굴조차도 나와 무관하지 않음을 깨닫게 된다.

그 어느 날, 우리가 원래 왔던 곳으로 돌아가는 날이 올지라도 기꺼이

C(탄소), H(수소), N(실소), O(산소), P(인), S(황)로 환원되어 다시 그 어떤 생명체의 중요한 물질로 작용하게 되어 지구의 생명을 이어갈 것이다. 화사한 꽃잎이 바람에 떨어지는 것을 보면서 생명의 순환처럼 환원의 글을 남겨 그 어떤 순간의 시간에 남겨졌던 흔적을 새겨본다. 마른 땅에 지렁이 지나가며 구불구불 남긴 물기의 흔적이 햇살에 서서히 사라져 가는 것처럼, 시간의 기억들이 사라져 갈 때 오래된 사진첩 꺼내듯 글들을 꺼내면 새록새록 새순 돋듯 기억을 연합할 수 있을 것 같다.

09

코로나 시대, 마스크의 '가면효과'

전 세계적으로 팬데믹을 몰고 온 코로나19의 여파로 마스크 착용은 삶의 일상이 됐다.

그나마 집에 머무는 시간을 제외하고는 어디서든 마스크 착용이 자연스러운 문화이자 매너로 자리 잡았다. 이제는 오히려 마스크를 쓰고 있는 것이 자연스러울 정도다. 바로 '습관'이 되어버린 것이다.

마스크 착용이 습관으로 자리 잡기 전, 초창기 시기만 하더라도 마스크 챙기는 것을 잊고 출근길에 나섰다가 난감한 적이 많았다. 그럴 때면 다시 집으로 돌아와 마스크를 챙겨 쓰고 전철역으로 뛰어가곤 했다. 마스크 착용하는 것이 습관으로 정착될 때까지 나는 반년 이상 걸린 것 같다. 사무실에서도 오전에 정신없이 일하다 점심 식사하러 나갈 때는 무심코 마스크 없이 엘리베이터 앞에 가서 서 있는 적이 많았다. 그러다 엘리베이터 문이 열리고 안에 있는 사람들이 모두 마스크를 착용한 것을 보면 그제야 내가 마스크 없이 나와 있음을 눈치채곤 했다.

하지만 지금의 모습은 어떠한가? 아예 마스크에 목줄을 매달아 목에 걸고 생활하고 있다. 습관이 안 되면 강제로라도 달고 다니겠다는 신념의 행동으로까지 마스크 착용은 생활의 일부분이 되어 버린 것이다. 법적으로 강제가 되어 어쩔 수 없이 착용하기도 하겠지만, 그래도 코로나 감염 방지의 제1차단막으로써 마스크의 역할이 입증되었기에 자기 보호 차원에서라도 기꺼이 쓰고 있다. 이뿐만이 아니다. 남으로부터 코로나 바이러스가 감염되는 것을 막기도 하지만, 본인도 모르는 사이에 감염되었을 수도 있는 바이러스를 남에게 전파하지 말아야 한다는 이중 검열에 마스크는 큰 보호막 역할을 했기에 우리 일상에 자리 잡을 수 있었다.

그동안 마스크 착용에 대한 논란은 얼마나 치열했는가. 그나마 우리나라는 일사불란하여 전 국민 마스크 착용에 대한 큰 거부감이 없었던 것이 다행이지만, 미국 및 서구에서는 마스크 착용이 논란과 과격 시위의 불씨였다.

사실 코로나19가 확산하지 않았다면 마스크 착용이 오히려 이상하게 보였을 것은 자명하다. 코로나 창궐 이전에 마스크를 착용하는 경우는 보통 4가지 정도의 이유를 가지고 있다. 첫째로 호흡기 보호를 위해 착용하는 경우다. 감기에 걸려 기침을 많이 해 다른 사람에게 피해를 주지 않기 위해 혹은 미세먼지가 심해서 등과 같은 이유로 마스크를 착용하는 경우다. 또 하나는 입 주변이나 얼굴에 상처가 났을 때 상처를 가리기 위해 착용할 때다. 이 경우는 사실 보기 드물기는 하다. 세 번째로 기온이 급격히 떨어졌을 때 방한용으로 착용하는 경우다. 물론 스키장에서 고글과 함께 쓰는 마스크, 오토바이를 탈 때 바람을 가리는 보호용 마스크를 착용한 사람들은 쉽게 볼 수 있지만, 이 경우는 예외로 하도록 하자. 언급한 경우를 본다면 코로나 사태 이전에 마스크 착용은 아주 이례적이었다.

마스크를 쓰는 마지막 이유로는 정말 특이하게도 얼굴을 가리고자 하는 특별한 사유가 있을 때다. 바로 범죄자들이 자신의 얼굴을 인식하지 못하게 하기 위해 마스크를 쓰는 경우다. 이런 사례가 서구 사회에서는 빈번하게 발생하여 마스크 착용과 범죄와의 연관성이 각인되어 마스크 착용에 대한 거부감이 심했던 이유이기도 하다.

꼭 범죄 현장이 아니더라도 얼굴을 가림으로써 오는 익명효과(An-onymous)는 사실 우리 사회 여러 곳에서 봐왔다. 익명성은 폭로의 발화선이 될 수도 있고 폭력의 잔인함에 기름을 붓는 역할도 하는 이중성을 가지고 있다. 요즘 학교폭력과 미투와 같은 폭로도 익명성을 바탕으로 크게 번지고 있는 순기능도 하지만 우리는 5.18과 같은 폭력의 현장에 무장 군인들이 방독면에 가려진 익명성으로 인해 더 잔인해지는 현상을 목도한 바 있다.

하지만 마스크로 얼굴을 가린 범죄가 더는 기능을 발휘할 수 없음이 속속 증명되고 있다. 바로 CCTV의 역할이 익명의 폭력성을 무력화시킨 것이다. 아무리 얼굴을 가렸다고는 해도 고유의 옷차림과 신체 행동 자체까지는 숨길 수가 없다. 또한, 거미줄처럼 연결되어 도시 전체를 감시하고 있는 CCTV의 화면에서 완전히 벗어날 수 없다는 것을 범죄자들도 알아가고 있다. 얼굴 가림과 범죄의 대담성을 분리하는데 현대 기술이 큰 역할을 하고 있다는 의미이기도 하다.

결국, 마스크 착용은 이 시대의 아이콘으로 재정의되어 자리할 것이 틀림없다. 개인적인 생각으로는 마스크가 패션의 일부로 남을 공산이 크다. 백신 공급으로 집단면역이 선포되어 코로나가 종식되었다고 해도 마스크 착용은 계속될 것으로 보인다. 법적으로 강제되지 않아도 이젠 습관이 되어 버린 안전에 대한 의식 때문에 마스크 착용이 일상화될 것이기 때문이다. 이젠 마스크 착용이 불편하다고 느끼는 사람이 줄어들고 있는 것만 봐도 알 수 있다.

아침에 셔츠를 입고 외투를 걸치고 출근하는 것처럼 자연스럽게 마스크를 하고 집을 나선다. 특히 우리는 봄철에 등장하는 미세먼지의 고통에서 벗어나기 위해서라도 마스크를 착용해야 하는 운명이기에 마스크는 주머니 속의 영원한 동반자가 될 것이 분명하다.

10

가장 맑은 시간, 가장 맑은 말을 전한다

하루 중에서 가장 정신이 맑은 시간이 언제일까?

당연히 밤새 충전을 완료한 아침 시간이 제일이라고 꼽고 싶다. 그래서 하루 중 제일 중요한 일은 출근하자마자 컴퓨터를 켜고 바로 시작하는 것이 좋다고 본다.

나는 매일 아침 컴퓨터를 켜고 하는 일이 이렇게 글을 쓰는 것이다. 중요한 일 중에 으뜸을 차지하기 때문이다. 물론 회사 일이 가장 먼저다.

아침 글을 쓰기 전에 개인 메일함에 들어온 이메일과 문서들을 먼저 체크하고 정리한다. 아침 회의 시간에 다루어질 내용이 있는지, 더 확인해야 할 사항이 있는지 빨리 스캔한다. 언론에 다루어진 회사 관련 기사들도 일견한다. 그처럼 매일 아침은 전쟁터와 같은 긴장의 연속이다. 그러고 나서 아침 글을 쓸 화선을 펼쳐 든다. 정신을 가다듬는다. 한 생각 잡고 이어가야 하기 때문이다. 정신이 맑은 아침이기에 가능한 '시간 속의 집중'이다.

이 같은 내용은 연구논문을 통해서도 발표되어 있다. 법정에서 구속 기소되는 판례를 1천 건 이상 분석한 결과, 법정이 개정되자마자 불구속 처리되는 일이 가장 많았다고 한다. 그리고 시간이 정오를 향해 갈 때쯤에는 서서히 줄어들다가 점심 휴식시간을 넘기고 다시 오후 법정이 개정되면 불구속 판결이 증가(불구속 기소가 더 합리적으로 잘 판결했다는 것은 아니다)하다가 퇴근시간을 향해 가면서는 다시 줄어드는 양상을 보인다는 것이다.

바로 정신이 맑은 것과 휴식 및 식사 사이에 분명한 연관 관계가 있음을 보여준다고 할 수 있다. 정신이 맑으면 바른 판단을 할 수 있고, 정신이 맑다는 것은 충분한 휴식과 영양 공급이 되어 있다는 것이다.

그래서 중요한 판단을 구할 때는 오전 이른 시간이 좋고, 평가를 받는 발표나 강의는 점심시간이나 오후 늦은 시간에 맞추어 하는 것이 좋다고 한다. 첫 발표나 첫 강의 시간은 청중들로부터 많은 질문과 비판을 받게 되지만, 점심시간이 다가온 시간에는 식사하러 가야 하기 때문에 대충대충 듣고 끝내자는 생각이 지배하기 때문에 질문도 별로 없다는 논리다.

맑은 정신과 시간과의 연관성은 조금 다른 접근이긴 하지만 채용 인터뷰할 때도 비슷한 양상을 보인다고 한다. 오전에 인터뷰한 응시생들이 오후에 면접한 응시생보다 더 많이 채용된다고 한다. 면접관들이 오전에 인터뷰이들을 만나는 과정에서 그들의 장점을 하나씩 추출하여 신입직원의 전형을 머릿속에 모아두게 된다. 그래서 오후가 되면 오전에 추출된 장점으로 형성된 기준으로 인해 오후 인터뷰이들은 뭔가 부족해 보인다는 것이다. 그래서 채용 면접을 할 때 면접관들을 오전과 오후로 나눠서 배치해 형평성을 유지하려는 기업들도 있다고 한다.

나는 하루 중 제일 중요하고 맑은 시간을 그대에게 보내는 아침 글로 시작한다. 비록 30분~1시간 정도의 짧은 시간일 수 있겠지만, 하루 중 가장 맑은 정신으로 써 내려가는 글이기에 충분한 의미가 있다고 생각한다. 또 나의 시간을 스스로 온전히 차지할 충분한 자격이 있기 때문이기도 하다.

가장 맑은, 시간의 가장 맑은 정신으로, 가장 맑은 말을 전한다.

사랑한다.

Part2

일상에도 **과학이 깃들어** 있다면

01

봄의 매력, 봄의 능력

봄은 색이 지배하는 시간이라 해도 과언이 아니다. 각양각색이 온 세상을 알록달록 물들이니 말이다.

올해는 예년보다 따뜻한 기온 덕에 일주일 정도 봄을 빨리 만난 듯하다. 성큼 다가온 봄은 무채색에 가까웠던 세상에 다양한 색을 입히기 시작한다. 덕분에 목련꽃과 매화를 보며 흰색이 참으로 멋스러운 색인지 알게 되고, 활짝 핀 산수유와 개나리를 보며 쨍한 노란색이 주는 화사함에 감탄하기도 한다.

이 아침, 아파트를 나서며 뜰에 보이는 봄의 색깔이 그렇다. 정열의 색을 띠고 있는 붉은빛의 진달래는 다를 거 없던 출근길을 설레고 가슴 뛰게 만들기도 한다. 아직 초록색 잎과 조합이 제대로 이루어지지 않았음에도 이렇게 색의 현란함에 정신 못 차리는 이유는 아마도 배경색 때문 아닐까.

긴 겨울의 쌀쌀하고 쓸쓸함을 넘어 삭막하기까지 했던 배경에 하나, 둘, 색이 입혀지는 것을 보게 된다. 그것도 하룻밤 지날 때마다 달라지는 모습이 확연하게 보인다. 매일 달라지는 세상의 색깔에 감탄할 정도다. 이것이 봄이 지닌 매력이 아닐까.

하지만 화무십일홍(花無十日紅)이라고 딱 열흘만 느낄 수 있는 매력이다. 화사함이 항상 화사하기만 하면 화사함이 아니듯, 열흘만 딱 보여주는 절제감이 바로 봄이 지닌 숨은 능력이다. 보여주되 지나치지 않고 화사하되 사치스럽지 않은, 바로 조선 건축의 미를 이야기할 때 하는 '수수하다(꾸밈이나 거짓이 없고 까다롭지 않아 수월하고 무던하다)'라는 표현과 그 의미가 일맥상통한다.

儉而不陋 華而不侈(검이불루 화이불치)
검소하되 누추하지 않고 화려하되 사치스럽지 않다

봄은 그런 것 같다. 있으되 있는 것 같지 않고 부족한 듯하나 부족하지 않고 넘치는 듯하나 넘치지 않는 그런 중용의 상태. 그래서 더욱 애달프게 하고 더욱 감질나게 만든다. 여인들의 치마 속곳을 파고드는 봄바람이 꽃향기 나는 들판을 거닐게 한다.

봄은 그렇게 살랑살랑 왔다가 뜨거운 태양 볕에 자취가 말라버리는, 길 위에 떨어진 검붉은 목련꽃 잎 하나와 같다.

짧은 순간을 즐기지 못하면 1년을 기다려야 한다. 봄의 매력을 보는 능력을 겸비해야 이 찰나의 순간을 만끽할 수 있다. 그런데 이 찰나의 순간을 가로막는 녀석이 있다. 바로 코로나다. 1년 중 생명 활동의 가장 활발한 모습을 볼 수 있는 현장을 코로나가 막아섰다. 바깥 저 햇살에 지금도 들판은 초록의 색을 입히고 있을 텐데, 안타깝게 봄의 색으로 물드는 장관을 볼 수가 없다.

어느덧 벚꽃이 다 피었지만 피었는지도 모르고 있다. 담장 옆, 라일락이 꽃망울을 펴고 있음도 못 보고 있다. 마스크를 타고 넘어온 꽃향기로 인하여 꽃이 피었음을 간신히 눈치챈다.

아! 봄의 화신은 이렇게 내 주변을 그저 스쳐 지나간다. 인적 없는 한밤

중이라도 달빛에 흔들리는 벚꽃이라도 보러 야행이라도 가야 봄꽃을 보내는 아쉬움을 달랠 수 있지 않을까 한다. 이렇게 4계절 중에서 한 계절을 본의 아니게 잊고 지나가는 이변의 현장에 있다.

조금 더 참아내고 이겨내서 다시 올 봄을 맞아야겠다.

02

수증기와 생명현상은 동일하다

매일 아침 샤워를 한다. 잘 씻는다고 자랑질하는 것은 아니다.

그냥 습관인 거 같다. 습관이란 '오랫동안 되풀이하여 몸에 익은 채로 굳어진 개인적 행동'이란 뜻으로 무의식적으로 하게 될 정도로 익숙하다는 의미다. 덕분에 매일 아침 욕실에 놓인 저울에도 올라서게 된다. 이역시도 습관이다.

지난 주말, 추위와 빙판의 위험 때문에 조깅을 멈춘 지 거의 6개월 만에 다시 꽃 향 풍기는 공원을 10㎞ 뛰었다. 겨울 동안 동네 사우나 피트니스에 마련된 트레드밀을 뛰긴 했지만, 코로나 사태 이후 그마저도 중단되었다. 오랜만에 공원을 뛰어서 그런지 오늘 아침 다리 근육이 뻐근하다. 그만큼 다리 근력이 약해졌다는 증거이기도 하지만, 다시 회복할 수 있다는 몸의 신호라는 생각으로 멈추지 않고 뛰어보기로 한다.

뻐근한 다리에 뜨거운 샤워로 긴장을 풀어주고 수건을 들어 머리카락을 말리며 조금은 튀어나온 똥배를 볼 겸 거울을 들여다보려는데, 수증기에 덮인 거울은 시계(視界)가 제로이다. 수건으로 거울을 닦으려고 하다가 문득 "생명이란 이런 것이구나" 하는 생각이 들어 닦지 않고 지켜보기로 했다. 욕실의 문을 열자 서서히 수증기가 가시고 거울에 비치는 윤곽이 드러나기 시작한다.

제한된 공간에 더운 수증기가 기화되어 공기 중에 모여 시간이 지나자 수증기가 물방울로 형체를 만들어 낸다. 그러다 압축된 공간을 풀어주자 확장된 공간 속으로 흩어져 마치 사라지듯 공간에 용해되어 버린다. 눈에 보이지 않을 뿐, 그 공간에 존재하며 밀도가 낮아져 시야를 가리지 못할 뿐, 그 공간에 존재하는 것. 바로 생명현상과 똑같다.

우리는 몸이라는 형태로 에너지를 모아서 가지고 있을 뿐이다. 욕실의 수증기는 단지 몇 분밖에 안 되는 시간의 영속성만을 가지지만, 우리는 70~100년이라는 기간 동안 에너지를 가두고 있는 차이만 있을 뿐이다. 에너지를 더 이상 보유하지 못하는 상태를 우리는 '죽음'이라고 표현한다. 이 에너지의 흩어짐은 본래무일물(本來無一物), 원래 있던 그 자리, 바로 자연으로의 회귀이다.

자고로 생명은 없어진 듯하나 항상 있고,

있는 듯하나 없는 것과 같은 현상이다.

인간은 이 현상이 있다는 것을 인지한 존재이기에 생명을 뛰어넘으려 하는 것인지 모른다.

물질이 모여 형체를 만들고 그 형체가 감각과 인식을 통해 생각을 만들어 내고 의미를 부여해 세상을 본다. "동물은 감각의 지배를 받고 인간은 의미의 지배를 받는다."라고 한다. 의미는 곧 언어다. "이것이 이것이다."라고 정의 내리고 공유하여 그 의미로 통용되어야 의미로서의 가치가 있다. 그 통용된 의미가 의식을 만들어 내고 가치를 만들어 낸다.

욕실의 수증기처럼 모였다 흩어져 갈 삶의 시간인데 어떻게 살아야 할까? 자유의지로 이 세상에 오지 않았지만, 발을 들여놓은 이상 어떻게 살 것인가는 진직으로 본인의 의지에 달려있다. 작렬하는 태양빛을 느낄 수 있고 쏟아지는 빗방울의 차가움도 받아낼 수 있으며 불어오는 바람의 선선함을 느낄 수 있으면, 그것만으로도 나의 의지를 강화시킬 수 있다고 본다.

바로 깨어있음으로써 디테일을 들여다보면 그 안에 삼라만상의 생명이 함께 공존함도 알 수 있기 때문이다.

욕실 거울에 걸린 수증기의 물방울 속에서 생명현상을 들여다보고 삶의 명징한 현장 속으로

출근을 한다.

03

화분, 물 그리고 공진화

출근하면 매일 같이 반복하는 일이 있다.

내가 알고 있는 언론인들에게 아침 글을 써서 보내는 일 이외의 것 말이다. 책상 위의 컴퓨터를 부팅하고 사무실에 있는 화분에 물을 주는 일이다. 그나마 매일 물 주던 화분이 몇 개 줄어들긴 했다. 매년 식목일에 '꽃씨 나눠주기 행사'로 분양하던 화분 키트가 코로나19로 인해 행사가 취소되어 창가에 놓인 화분이 없기 때문이다.

작은 재배 키트에 씨앗을 심은 탓에 내일 조금씩 물을 줘야 하는 '가꾸는 자의 임무'를 충실히 수행했었는데, 루틴한 일과를 하지 않는 것 같아 아쉬움과 허전함이 남는 시간을 살고 있다. 그래도 작은 화분이 없는 덕에 사무실에 놓인 큰 화분들한테 신경을 쓰게 됨은 Collateral Beauty(부수적인 아름다움)의 이면을 보는 것 같아 안도감을 대신한다.

사실 태양과 비, 바람이 있는 자연환경이 아닌 실내에서 화분에 꽃이나 식물을 가꾸고 키운다는 것은 보통 정성으로 되는 것이 아니다. 어떤 종류의 화분이든지 그 역할은 늘 축하의 의미였다. 집들이나 졸업, 생일처럼 즐거운 날에 선물로 자연스레 주고받는 것들 중 하나이지 않았던가. 그런데 그 화려한 역할은 화무십일홍이 대부분이다. 꽃이 지고 난 화분은 그저 귀찮은 존재로 전락하고, 버리지도 못하는 계륵의 신세가 되어버리기 십상이다. 그나마 가끔 컵에 남은 물을 버리는 하수구의 역할을 하면 다행이다.

화분에 심어진 생명들이 스스로 찾아오지 않았고 인위적으로 심긴 것이기에 잘 자랄 수 있도록 신경을 써야 함은 심은 사람의 몫이자 받은 사람이 거둬야 할 책임이다. 자연의 역할 중 하나인 햇빛을 보게 하고 에너지를 만들 흙의 용해를 도와줄 물을 공급해 주는 것. 바로 '실내의 자연' 역할을 누군가가 해주어야 한다. 생명을 살리고 이어가게 할 책무 말이다. 특히 화분에 '물주는 역할'이 제일 중요함은 말할 나위가 없다.

지붕이 씌워진 실내에 있는 화분 속 식물들이야 인위적으로 물을 공급해 주어야 하지만 자연 속에 있는 식물들은 스스로 물을 찾아 뿌리를 내려야 한다. 대지에 내리는 비는 잎으로 바로 스며드는 게 아니라 뿌리를 통해 흡수된다. 비가 내리자마자 곧바로 식물에 도움이 되지는 않는다는 것이다. 이런 맥락에서 비는 대지를 용해시켜 땅에 스며들어있는 분자들을 풀어놓아 이온화시키는 기능을 한다고 할 수 있다. 뿌리는 바로 그 용해된 성분을 빨아들이고 삼투압을 통해 줄기와 잎으로 보내게 된다. 비는 바로 모든 걸 풀어내게 하고 흐트러지게 하는 용매이다.

비는 용매이자 모든 것이다. 생명의 시작이 물에서 시작되었기 때문에 바로 탄생의 원천이다. 광활한 우주에서 물의 흔적을 찾는 이유도 바로 거기에 있다. 물론 액체에도 여러 종류가 있다. 질소 액체가 있고 산소 액체도 있다. 압력에 따라 수소도 액체가 되며 헬륨도 액체가 된다. 바로 태양이다. 근원을 추적하면 한곳에 모인다. 생명의 근원을 따라가면 바로 물과 만나는 것과 같다.

우리는 그저 물, 비, 하천, 강, 바다라고 하면 감성의 대상으로 생각할 때가 있다. 감성에 과학을 더하면 본연의 모습이 들여다보인다. 세상 모든 살아있는 것에서부터 무생물 암석의 거친 표면까지 하나로 연결되어 있음을 알게 된다. 뉴런에 모여 있던 정보가 광물인 실리콘으로 들어가 반도체가 되어 외부로 저장되기 시작한 것도 바로 공진화 현상 중 하나다. '화분에 물주기'가 바로 진화의 현장이다. 경이의 현장을 보고 경험하고 있는 것이다. 가슴 벅찬 일이다.

지금 화분에 담겨있는 흙 한 줌이 사실 10억 년 이상 된 이 땅의 암석들이 모래가 되고 실트가 되고 점토가 된 결과이다. 흙 한 줌에도 10억 년의 시간이 숨 쉬고 있다.

주위를 둘러보면 세상 모든 것이 자연의 공진화가 빚어내는 조화 속에 순환되고 있다. 저 돌멩이 속의 철(Fe) 분자가 내 피의 헤모글로빈 속에 녹아있고 숨을 들이쉬어 들어오는 공기 속의 산소는 가로수 잎에서 나왔다.

발에 차이는 돌멩이 하나, 코끝을 스쳐 지나가는 바람 한 점조차 우리의 생명과 함께 하고 있는 것이다.

이 순간을 값있게 살아야 하는 이유이다.

04

우주의 온도, 삶의 온도

지구 자전축이 기울어진 23.5도에 의해 계절의 시간이 순환한다.

사계절이 생기고 각 계절에 맞는 온갖 현상이 공진화한다. 계절을 지칭하는 것은 바로 온도다. 우주 만물 및 생명을 지배하는 것 중의 하나가 바로 이 '온도'다. 138억 년 전 빅뱅 직후 우주의 온도는 10의 32승도 정도로 계산된다. 10 뒤에 붙는 0이 32개가 있다는 의미다. 우주 배경 복사를 통해 측정한 현재 우주의 온도는 영하 272.5도이다. 빅뱅 이후 우주가 가속 팽창하며 지속적으로 온도가 내려온 것이다. 온도가 내려온 덕분에 빅뱅 이후 38만 년이 지난 후 전자장에 갇혀 있던 빛도 빠져나와 우주로 뻗어 나간다.

인간의 언어로 정의된 숫자의 개념으로는 표현이 불가능할 것 같은 숫자에도 이름을 붙여놓았다. 10의 32승은 '구(溝)'라고 한다. 중국 고전에 나오는 숫자이다. 10의 68승도 '무량대수(無量大數)'라는 용어를 만들어 놓았다. 무량대수는 용어 자체가 가지고 있는 의미처럼 셀 수 없이 큰 수의 표현이다. 이 용어는 화엄경에 나오는 말로 지극히 큰 숫자를 나타낸 것으로 철학적 의미가 더 크다고 할 수 있다.

서양에서는 vigintillion이라는 용어로 10의 63승 단위를 표현하고 있다고 한다. 경제 규모를 말할 때 조 단위가 많이 쓰이는데, 10의 12승 정도이다.

온도를 들먹이는 이유는 아침 출근길에 바람도 제법 소소히 불고 선선했기 때문이다. 일기예보를 검색해보니 현재 기온 22도, 오후부터는 곳에 따라 소나기를 시작으로 비가 내리는 지역이 많겠다고 한다. 장마가 다시 북상할 채비를 하는 모양이다.

그러고 보니 내일이 소서(小暑). 절기상으로도 장마전선이 머물 시기이다. 장마가 오르락내리락하는 동안 계절의 시계는 여름의 정점으로 치달아 자연의 기온을 계속 올릴 것이다. 기온이 30도를 넘어 사람의 체온과 가까워져 가면 사람들은 무기력하게 되고 체력이 약한 사람들은 자연과 더욱 가까워져 간다. 호모 사피엔스가 7만 년 동안 번성했던 지역의 기온이 20도 안팎이었기 때문에 벌어지는 현상이다.

기온이 올라가면 보게 되는 사회 현상이 있다. 연세 드신 어르신들의 부고가 자주 들린다는 것이다. 주로 한여름의 초입과 겨울 초입에 많이 들리는 소식이다. 기온의 급격한 변화는 우리 인간사에 아직도 영향력을 미치고 있는 자연현상이 아닌가 한다. 어제도 사회에서 만난 아주 가까운 지인의 아버님께서 작고하셨다는 부고를 접했다.

연세가 80대 중반이신 데다가 여러 합병증으로 고생하셨단다. 요즘은 기온의 급변과 관계없이 코로나19로 조문 가기도 망설여지고 상가에서도 조문 오지 말라고, 마음만으로도 감사하다고 양해를 구하는 시절이 되어 우리 사회의 문화까지도 바꾸고 있지만 이렇게 가끔 삶과 죽음의 경계에 선 사람들을 만나고 그 경계의 순간에 벌어지는 여러 상황들을 지켜보게 된다.

누구도 피해 갈 수 없는 운명이긴 하지만, 그 상황에 들어서면 곁에서 보는 입장임에도 만감이 교차한다.

원래 있던 자리로 돌아가는 것, 자연으로 돌아가 또 다른 물질을 구성하는 요소가 되는 것이라고 스스로 최면을 걸고 위로하지만, 막상 누군가를 떠나보내야 하는 상황에 놓이게 되면 자연의 순환보다는 그저 슬픔에 잠기게 된다. 이제 더는 존재하지 않는다는 생각, 어떤 사람의 기억 속에만 존재하게 되었다는 생각처럼 인본적, 문화적 본성이 우선 작용하는 것이다. 눈물이 안타까움을 대신하고 관습이 남은 자들을 위로한다. 그렇게 슬픔의 시간이 지나고 남은 자들은 다시 배가 고프고 어제 남겨둔 빨래를 해야 한다. 경계는 그렇게 아무렇지도 않은 듯 허물어지고 삶의 존재는 일상으로 남게 된다.

살아있다고 하는 시간 동안 서로의 존재를 확인하고 삶에 충실하는 것이 산 자들의 몫임을, 떠난 자는 경고하고 있다. 먼저 웃어주고 먼저 안부를 물어주고 먼저 안아주고 해야겠다. 삶의 의미는 먼 곳이 아니고 바로 옆에 그리고 휴대폰 안에 항상 있었다.

우리는 그저 무심히, 알면서도 모르는 척할 뿐이었다. 지난 시간을 반성하며 쓰지 못했던 말, "그대를 사랑합니다"를 다시 써본다.

우주의 온도, 자연의 온도보다 우리 심성의 온도는 더 뜨겁다. 모든 것을 불태우는 것이 자연의 온도지만, 그 자연의 온도보다 뜨거우면서도 사물과 존재를 불태우지 않는 아주 특이한 온도가 존재한다. 불가능을 가능케 하는 것이 바로 '사랑'이다. 그렇게 '사랑의 온도'는 무소불위의 존재로 환생을 한다.

휴대폰을 열어보라.

'사랑해' 문자가 들어와 있을 것이다.

05

시간의 척도

우리는 "시간이 유수와 같이 흐른다"며 시간에 대한 경각심을 가지고 있으면서도 시간에 대해 제대로 생각해 본 적이 거의 없다.

138억 년 우주의 시간을 이야기하고 46억 년 지구의 시간을 이야기하지만 막연한 숫자의 나열로만 보인다. "그런데 어쩌라고? 그 숫자가 뭔데? 138억 년 지난 것이 나한테 무슨 의미가 있는데?"라고 물으면 시간은 아무 의미 없이 흘러가는 화살과 같다.

결국, 의미를 부여하는데 핵심이 있다. 아무것도 아닌 것 같은 일에 의미를 부여하면 상황이 재현되고 현상을 이해하게 되며, 그러면 의미를 갖게 되어 새롭고 경이로운 것으로 거듭난다. 의미를 부여하지 못했던 과거와는 전혀 다른 것으로 재탄생하는 것이다. 보지 못했던 것이 보이고 알지 못했던 것을 알게 된다. 그러면 새로운 세계에 들어온 듯, 새로운 경험을 하게 된다. 바깥의 상황은 하나도 변하지 않았다. 다만 내가 부여한 의미로 인하여 같은 현상이 달리 보일 뿐이다.

시간을 보는 관점도 마찬가지다.

시간의 척도를 어떻게 가져가느냐에 따라 인류의 세계관과 우주관이 변해왔다. 척도는 재는 기준이며, 이는 비교의 기준이다. 바로 크기가 대표적인 척도이다. 1미터, 2미터로 표기하는 미터법처럼 말이다.

인간이 표현해 낸 가장 큰 시간의 단위는 검색 엔진 구글(Google)과 비슷한 '구골(Googol)'이라는 단어로 10의 100승을 나타낸다. 실제로도 구글의 회사 이름은 구골을 잘못 표기했다가 나온 해프닝에서 시작한 것이란다. 가장 작은 시간을 나타내는 단어도 있다. '눈 깜짝할 사이'의 표현은 10분의 1초 정도를 가리킨단다. 벌새가 한번 날갯짓하는데 걸리는 시간은 100분의 1초, 현재 알려져 있는 시간 단위 중에서 가장 순간적인 것은 5x10의 - 41승 초에 해당하는 플랑크 시간이 있다. 크로논(Chronon)이라고도 한다.

하지만 이 플랑크 시간은 실험에 근거를 둔 개념이 아니라 수학과 이론의 영역에 속하는 개념이다. 실험을 통해 시간의 용어에 편입시킨 시간은 10의 −24승 초를 나타내는 욕토초(yoctosecond)와 10의 −21승 초를 나타내는 젭토초(zeptosecond)가 있다.

인간의 삶에서는 상상도 하지 못하는 시간의 개념이지만 수소 전자가 핵을 한 바퀴 도는 시간을 알아내기 위해서는 필요한 척도이다. 바로 양자의 세계가 발전하면서 미세의 척도 단위도 필요하게 된 것이다. 이 미세 척도로 환산되는 현상들이 지금 이 순간에도 아주 자연스럽게 벌어지고 있다. 인간의 오감과 인지 범위가 미처 감지하지 못할 뿐이다. 인간은 양자역학이 지배하는 미시계가 아니라 일반상대성이론이 지배하는 거시계에 감각을 노출하고 살고 있기 때문이다. 그러나 인간은 미시계와 거시계 속을 동시에 순환하는 사이클 속에서만 존재한다. 에너지를 흡수하기 위한 음식은 거시계다.

이 음식이 위와 내장을 거치는 동안 분해되고 이온이 되어 혈액 속을 타고 돈다. 미시계다. 이 분해된 나트륨, 칼슘이온이 브레인에서 생각을 만들고 사랑을 속삭이게 한다. 역시 미시계다. 그 생각과 사랑이 타인이나 사물과 관계를 맺는 인과율로 이어지는 세계는 다시 거시계다. 인간은 한 치도 이 순환 사이클에서 벗어날 수가 없다. 다만 연결 짓지 못하고 의미를 부여하지 못했기 때문이다.

지구가 시속 1,600km의 속도로 자전하며 시속 10만km의 속도로 태양의 주위를 돈다는 것조차 감지하지 못하고 있다. 우리는 자동차를 운전하며 시속 100㎞로 달려도 엄청나게 빨리 달린다고 느끼게 되는데 어째서 1,600㎞로 움직이는 지구에 있으면서 그 속도감을 느끼지 못하는 것일까?

바로 크기의 척도에서 오는 차이 때문이다. 같이 움직이면 속도감이 상쇄되는 것과 같은 것이다. 지구라는 자동차를 타고 쏜살같이 달리지만, 그 안에 있는 탑승객은 속도감을 못 느끼는 것과 같은 이치다. 하지만 이 자전 공전 속도는 우주로 탐사선을 보낼 때는 엄청나게 중요한 속도 단위가 된다. 다른 행성에 탐사선을 안착시킬 때의 속도와 거리 등을 정밀하게 계산해 내야 하기 때문이다. 그저 하늘로 우주선을 쏘면 행성으로 날아가는 수준이 아니라는 거다.

우리가 1분, 1초의 시간도 소중히 여기고 정말 잘 써야 한다는 것을 알 수 있다. 우리에게 1분, 1초는 태양계 행성 운행의 속도에 맞춘 시간이자 인간에게만 통용되는 숫자이다. 지구상 어떤 생명체도 이 인간의 시간대로 살지 않는다. 나이를 먹는다는 것, 시간이 흐른다는 것, 생로병사가 있다는 것, 모두 인간의 관점인 것이다. 바로 인간만이 의미를 부여할 수 있는 능력으로 자연 순환계에 시간의 개념을 붙인 것이다.

의미를 부여하고 나니 모든 것에 처음과 끝이 생기고 그 안에 삶이라는, 살아내야 하는 시간이 생겨버렸다. 시간은 그렇게 모든 것을 지배하는 시작이 되었다.

우리는 지금 이 시간을 어떻게 살아내야 할까?

지금 이 순간,

"내 인생 가장 젊은 날"을 사는 오늘,

이 시간이 얼마나 소중하고 귀한지 알고나 있는 건가?

사랑해야 하고 깨어 있어야 하는 이유이다.

06

생명은 분자이고 생각은 칼슘이다

규칙에서 예외가 생기면 당황하기도 하지만 그 당황함 속에 묘한 희열이 있다.

지켜야만 하지만, 지키지 않고도 규칙이 변하지 않는 것을 보는 순간 그 규칙의 허망함에 대한 망상이 사라지기 때문일 것이다. 쉬는 공휴일이 주중에 있으면 바로 그런 현상을 목도하게 된다. 아침에 늦게 일어나도 되고 이불 속에서 뒹굴뒹굴해도 된다. 반드시 집을 나서야 할 시간에 갖게 되는 예외적 여유가 그 현상이다.

하지만 주중 공휴일이 주는 예외는 일상에서 벗어난 특별한 하루이지만 일상에 매몰된 직장인들의 마음 한편에는 불안이 작동한다. 어김없이 어제와 같은 시간에 눈이 떠지고 안 봐도 되는 회사 이메일을 열어보고 있다. 예외가 주는 가슴 떨림을 제대로 즐기지 못하는 것이다. 일상에 매몰된 반복은 이렇게 무서운 습관으로 변해 있다.

하지 않아도 되지만 하지 않으면 불안해지는 일상의 노예로 변한 것이다. 예외가 잦아지면 불안해진다. 예외가 규칙이 될까 염려하는 마음이다. 예외는 예외일 때 그 힘을 발휘한다는 것을 눈치채게 된다. 평상심, 바로 규칙이 작동한다는 것은 그만큼 일상에서 중요하다. 이 규칙은 리듬이다. 바로 생명의 작동 방식이 이 리듬으로 이어져 가고 있기 때문이다.

매년 가을이 되면 일요일마다 진행되는 '특별한 뇌과학 공부'에 참여하는 것도 바로 이 리듬의 일환이다. 햇수로 벌써 10년 가까이 계속하고 있지만, 매년 하얀 백지로 새롭게 리셋되는 현상을 접하면 '어떻게 이렇게 까맣게 잊을 수 있지?'라는 궁금증에 불을 붙이곤 한다. 원인은 간단할지 모른다. 사력을 다해 달려들지 않고 열정을 쏟아 붓지 않았기 때문이다. 그저 주변인으로 강의실을 왔다 갔다 하는 수준이니 기억의 리듬이 각인되지 않고 뉴런이 1년을 살아남지 못해 지워지는 것이다.

좀 어려운 질문과 주제를 펼치고 있는 걸까? 사실은 "어려운 것이 아니라 익숙하지 않기 때문에 어렵게 느낄 따름"이다. 자꾸 보고 읽고 하다 보면 '콩으로 메주를 쑤는 것이 아니고 팥으로 메주를 쑨다고 해도 믿게 되는 현상'이 벌어진다. 실제로 팥메주도 있다. 접해보지 않았기에 없을 것이라 단정하기 때문에 없는 것으로 보일 뿐이다. 세뇌다. 그러나 정확한 이론과 근거를 통해 증명해내는 현대과학의 위대함은 철학과 신을 대체해 나가고 있지 않나 싶다.

바로 근원을 들여다보는 일이다. 기억을 들여다보고 생각을 들여다본다. 이 기억과 생각이 신경세포 스파인의 시냅스에서 벌어지는 칼슘이온의 움직임에서부터 시작하기 때문이다. 철학도 칼슘에서부터 시작되었고 신도 바로 그 칼슘에서부터 나왔다. 어찌 들여다보지 않을 수 있겠는가?

생각의 근원을 들여다보는 일은 곧 기억과 꿈과 치매가 같은 근원임을 알게 하는 일이다. 브레인이라는 같은 장소에서 발생하는 현상을 다른 용어로 부르고 해석하고 있는 것이다.

13억 년 전 진핵세포가 지구상에 출현하고 9억 년 전 좌우대칭동물이 나오고 5억 년 전 캄브리아기가 되어서야 척추동물들이 등장한다. 지구 생명의 근원을 들여다보며 초기 지구의 암석과 바닷물의 구성성분을 알아야 우리가 어떻게 기억하게 되고 생각하게 되는지 그 메커니즘을 알게 된다.

우리 몸을 흐르는 혈액의 구성비율이 바닷물의 구성비율과 일치하고 있다는 사실을 알고 있는가? 우리는 한 치도 자연을 떠나 본 적이 없으며 떠날 수도 없는 일부분이다. 자연이 부여한 생명을 담고 있던 신체가 기능을 다하고 본래 그 자리로 돌아갈 때 우리는 C(탄소), H(수소), N(질소), O(산소), P(인), S(황)의 원소들로 다시 환원된다. 생명은 바로 이 원소들을 모아 형성된 분자로부터 시작되었던 것이다.

에너지의 근원인 ATP도 바로 인산 3개를 붙여주어 생명 에너지의 화폐로 사용하고 있다. 인산은 바로 대지의 암석에서 추출되는 원소이다. 생명은 바로 흙 속에서 바닷속에서 대기에서 융합된 '다윈 진화한 분자 시스템'으로 진화해 왔던 것이다. 지구 생명 30억 년 동안 끊임없이 현재 우리가 보고 느끼고 기억하고 생각하는 시스템을 만들어왔다.

어찌 경이롭지 않을 수 있겠는가?
어찌 길가의 풀 한포기,
바람 한 줄, 구름 한 점이

감탄스럽지 않을 수 있겠는가?

브레인 속으로 들어가 신경세포를 찾고 스파인을 따라 들어가 시냅스를 들여다보는 이유이다.

생명은 분자이고 생각은 칼슘이다.

사랑도 여기서 시작되었고 관계도 여기서 시작되었다.

07

인공지능의 넘사벽

출근길, 주머니 속에 있는 휴대폰을 꺼내는데 우연히 버튼이 눌렸는지 인공지능 '빅스비' 모드가 화면에 뜬다. 휴대폰을 처음 샀을 때는 신기해서 자주 사용하기도 했는데, 1년 정도가 지나니 별로 사용하지 않는 기능이 되어 버렸다. 좋고 훌륭한 기능이 내장되어 있음에도 사용하지 않으니 그저 고철 덩어리에 지나지 않았던 것이다.

휴대폰 소프트웨어 개발자가 이 기능을 집어넣었을 때는 나름 온갖 편리성과 아이디어를 집대성했을 것이다. 그런데 이용하는 사람이 그 기능을 충분히 숙지하고 잘 활용하면 좋을 텐데 그렇지 못하다. 소수의 창조자를 다수의 대중이 따라가는 것이 발전의 진보임에도 대부분의 경우, 일부의 소유물로 그치게 된다.

스마트폰에 내장되어 있는 온갖 기능들이 그런 것 같다. 나는 오직 전화 걸고 받고, 문자 보내고 받고, 인터넷에 연결된 정보검색, 카톡이나 페이스북 보기, 일정 관리, 알람기능 정도로 휴대폰을 주로 사용하고 있다. 이 밖에 내비게이션과 같은 애플리케이션은 간혹 사용하는 정도에 그치고 있다. 100만 원 가까운 비용을 지불하고 산 것임에도 10만 원어치의 기능만 쓰고 있는 것 같다. 기기 가격이 100만 원 정도 한다는 것은 그만한 가치를 발휘하기 때문일 텐데 말이다. 내 휴대폰에 어떤 편리한 기능이 있는지, 어떤 편리한 애플리케이션이 있는지 다시 한 번 들여다봐야 할 일이다. 그래야 내 삶을 편리하게 해 주고 간편하게 해 줄 테니 말이다.

그러고 보니 어제 애플리케이션 하나를 다운로드했다. 자동차를 새로 산 덕분에 사용할 수 있는 앱으로, 창문이 열렸는지 등과 같은 상태를 알 수 있고 시동을 걸고 끄는 원격제어를 지원한다. 결국, 이런 애플리케이션도 인공지능의 확장이다. 이전에는 사람이 직접 해야만 했던 일을 기술이 대신해주고 있으니 말이다. 인공지능은 우리 생활에 깊숙이 들어와 편리성을 제공하고 이제는 그 영역을 확대하고 있다.

밤 12시만 되면 휴대폰이 묻는다. 업데이트해야 되는 애플리케이션이 있는데 업데이트할 거냐고 말이다. 무엇을 더 보태어 기능을 향상할 건지를 사용자가 일일이 들여다보지 않아도 스스로 알아서 해준다. 매장을 찾아가서 휴대폰을 들이밀고 "업데이트 해 주세요"라고 하지 않아도 업그레이드된 버전으로 자동으로 바꿔주니 편리할 따름이다. 어느 날 아침에는 휴대폰 아이콘이 여러 개가 바뀌어 있는 걸 목도한다. AI의 세계는 인간이 잠을 자는 시간에도 쉬지를 않는다. 인간 개인이 따라갈 수 없는 세상이 점점 다가오고 있다고 해도 과언이 아니다.

휴대폰에 내장되어 있는 AI비서라고 하는 '음성인식스피커'는 아주 작은 현상에 불과하다. 구글을 비롯해 테슬라, 삼성전자까지도 인공지능 시장에 뛰어들어 자율주행 자동차, 음성인식 번역기 등 인간의 행위를 대신할 기계들을 우리의 생활 속에 공유시키고 있다. 하루가 다르게 기능들이 추가되고 능력은 인간을 닮아간다.

더 이상 숫자와 통계, 데이터를 활용한 게임 등에서는 인간이 AI를 이길 수가 없다. 인간이 가장 어려워하는 것은 AI에게는 가장 쉽고, AI에게 가장 어려운 것은 인간에게는 가장 쉽다. 인간에게 가장 쉬운 걷고 뛰는 것이 AI 로봇에게는 가장 어려운 것이다. 인간이 걷고 뛰기까지는 지구 생명체 역사가 그대로 담겨 있기 때문이다. 시간으로 치면 무려 지구 역사 46억 년 동안 걷고 뛰기 위해 진화해 왔다.

AI는 이제 겨우 30여 년의 시간을 진화해 왔으니 비교가 되지 않는다는 이야기다. 인간의 능력에는 그만큼 장구한 시간의 축적이 있지 않았던가. 하지만 최근 '보스턴 다이내믹스'사에서는 두 발로 인간보다 더 잘 뛰는 AI 로봇을 만들었다. AI는 진화의 시간을 가장 빨리 단축시키는 타임머신으로 자리매김을 하고 있다.

우리는 감각으로 받아들이는 자극들이 일상적으로 느껴지면 감각이 무뎌졌다고 한다. 뇌과학적으로는 '공고화(concretization) 된다'고 한다. 에너지 효율화를 위해 반복되는 일에는 신경을 덜 쓰기 때문에 디폴트 모드로 전환하는 것이다. 날씨에 대한 반응도 여기에서 벗어날 수 없다. 잠깐 차가워진 기온으로 인해 집어넣으려던 외투를 다시 꺼내고 난방을 끈 실내에서는 바깥보다 춥다고 투덜대기도 한다. 차이(difference)가 바로 감각을 깨우고 감각은 지각을 각성시킨다.

자연의 작은 변화에 따라 일희일비하는 것이 바로 인간의 모습이다. 바로 한 치도 자연에서 벗어날 수 없다는 것을 보여주는 증거이기도 하다. 제아무리 인공지능이 지배하는 세상으로 가고 있다고 해도 인간은 자연의 일부분이기에 그 자연을 벗어나서는 생각할 수 없다.

지구의 세력권을 벗어난 우주에 있다고 해도 태양계라는 자연 속에 있는 것이며 태양계조차 우리 은하의 일부라는 자연에 속해 영향을 받고 있다. 천지만물 태생 자체가 자연이라는 것이다. 유일하게 자연이 아닌 건, 인간이 상상력의 발로로 만들어 낸 인공물뿐이다. 그렇다고 인간이 만들어 낸 건축물, 자동차, 교량 등도 인공물로 볼까? 그렇지는 않다. 건물의 외형은 인간이 인공적으로 만들었다고 표현할 수 있으나 그것은 자연의 구성물을 일부 변형시킨 것에 지나지 않는다. 자동차도 마찬가지이며 인간이 만들어 낸 대부분이 그렇다. 이미 존재하는 물질을 인간 편의로 재가공한 것에 지나지 않는다.

하지만 인간의 상상력으로 탄생한 인공지능은 이야기가 달라진다. 물질이 아니라 콘텐츠다. 볼 수도, 잡을 수도 없으나 존재하는 그런 것이다. 인공지능에 대한 철학적 사유가 필요할 것 같다.

따사로운 햇살의 기운을 느끼고 차가움의 상쾌함을 경험하며 사랑에 들뜬 연인의 입맞춤을 기억하는 것은 인간이 가진 특권이다. 이 시간 이 순간 존재하기에 느끼고 받아들이고 알 수 있는 것들이다.

어찌 사랑하지 않을 수 있겠는가?

이것이 사는 것이다.

산다는 것은 이런 것이다.

AI가 결코 넘을 수 없는 벽이자 경계가 바로 이 순간 산다는 것을 인지하고 있는 그대인 것이다.

08
미세먼지 속 여유

아침 기온이 영하 2도를 보이고 있다. 삼한사온의 모양새다.

지난 주말에도 그렇게 춥지 않은 기온을 보였다. 덕분에 대기가 움직이지 않고 있으니 매연 및 미세먼지가 흩어지지 못하고 정체되어 밝은 미세먼지 경보가 발령됐다. 그래서 그런지 출근길 입안도 텁텁한 기분이다. 몇 년 전에는 미세먼지 경보발령을 내리면서 미세먼지의 주범이라고 지목한 자동차의 운행을 줄인다고 대중교통수단을 무료로 태워주는 일도 있었는데, 요즘은 이런 지원이 없는 것을 보니 미세먼지 상태가 조금은 나아진 것일까? 근래 미세먼지의 정도를 보면, 예년보다 더했으면 더했지 줄어들지는 않은 것으로 보이는데 말이다.

출근길 미세먼지는 시베리아기단이 잠시 물러간 틈에 중국에서 건너온 먼지가 채워진 현상이다. 대기의 흐름이 느려 머물듯 정체되어 있다. 머물고 있다는 것이 이처럼 피해를 주고 위험하다는 것을 보여주는 사례다. 머물고 있으면 안정적이고 편할 것 같지만 이면에는 이러한 위험이 도사리고 있었던 거다.

기체의 원래 성질은 운동에너지가 결합에너지보다 커서 분해 결합이 자유롭게 일어나야 한다. 이 성질을 무시하고 정체되면 문제가 발생하게 된다. 운동에너지와 결합에너지가 같은 것은 액체이고, 결합에너지가 운동에너지보다 더 높은 것은 고체인데, 기체가 액체나 고체처럼 행동을 하고 있으니 먼지가 쌓이게 되고 머물게 되는 것이다. 자연은 각자 존재 자체로서의 역할을 충실히 수행해야 원활히 작동을 한다. 인위적으로 머물게 하면 문제가 생길 수밖에 없다. 고인 물은 썩게 되고 흩어지지 못하고 머문 먼지는 인간의 폐를 통해 정화할 수밖에 없다. 인간이 자초한 위험을 스스로 해결하라는 근원적 물음이다. 자연, 스스로 그러하게 놔두어야 함에도 그렇지 못한 결과를 우리는 오늘 아침 미세먼지를 마시며 체감하고 있는 것이다.

바깥이 미세먼지 만연한 안개 속이라 하루 종일 건물 내에서 보내야겠다. 그러려면 마음의 여유를 찾을 필요가 있다. 답답함을 답답함이 아닌 여유로 승화시키려면 말이다.

그럼 '여유'란 무엇일까? 어떤 것을 여유라고 하는 건지, 여유란 무엇인지 의미를 따라가 본다. 여유란 '매일 이렇게 아침 글을 쓸 수 있는 시간이 있다는 것'이라고 정의 내리고 싶다. 시간을 쪼개어 특별한 무언가를 위해 할애할 수 있다는 것이 여유가 아닐까. 여유는 시간적 관점의 단어로 보이기 때문이다.

사전적 의미의 여유는 '성급하게 굴지 않고 사리 판단을 너그럽게 하는 마음의 상태, 물질적이거나 시간적으로 넉넉하고 남음이 있음'이라고 정의하고 있다. 한자로는 남을 여(餘) 넉넉할 유(裕)이다. 사전적 정의의 여유는 시공을 모두 담고 있다. 하지만 내가 집어 든 화두로서의 '여유'는 시간적 의미를 더한 심리적 여유에만 집중한다. 어떤 일이나 상황에 여유가 있다는 것은 이미 발생할 모든 일을 꿰뚫어 보고 있다는 것을 뜻한다. 상황 전개를 예측하지 못하면 절대 여유로운 자세를 견지할 수 없다. 상황을 바로 볼 수 있는 매의 시선과 오랜 경륜이 집약되어야만 가능한 일이다. 그러면 관조할 수 있는 여유가 나오게 된다.

여유라 함은 서두르지 않는 것이다. 다음 순서를 알고 있기에 조급해 하지 않아도 된다. 정해진 과정을 따라가고 방향이 잘못되어 간다 싶으면 조정을 하면 된다. 여유는 백과사전 같은 지식의 보고를 가지고 있어야 가능하다. 종합능력이라는 말이다.

결국 여유는 지식적으로나 건강 측면에서나 모든 걸 완비해야 가능한 어마어마한 의미를 지닌 단어임을 알게 된다.

09

실내는 안전하다는 착각

"덕수궁 앞 초미세먼지 농도, 지상 131, 지하 125 -- 미세먼지 피할 곳
이 없다"

어느 날 아침, 어느 신문의 1면 제목이다. 초미세먼지의 농도가 $1m^3$ 당
76마이크로그램이면 '매우 나쁨' 수준으로 분류하는데 매우 나쁨의 2배
수준이다. 산소호흡기를 끼고 출근해야 할 정도라는 말이다. 언론에서는
'재앙'이라고까지 표현할 정도다.

그런데 신문 한 편에 미세먼지 농도가 바깥보다 실내가 더 높게 측정된 사진이 보인다. 광화문광장 미세먼지농도 123, 지하인 광화문역은 130으로 측정된 사진이다. 바깥 미세먼지를 피해 실내라고 할 수 있는 지하로 들어갔는데 오히려 이곳의 미세먼지 농도가 더 높다니, 참 아이러니하다.

사실은 이미 오래전부터 그런 상태였는데 우리가 간과하고 있었던 내용이다. 공기 순환시설이 잘 갖춰진 최신식 대형건물을 제외하고는 대부분 실내의 공기가 외부보다 좋을 수 없는 것이 사실이다. 더구나 지하도나 지하철처럼 대규모 지하시설은 말할 필요도 없다. 바깥공기가 좋지 않다고 해서 실내로 피하다 보니 그동안 별로 관심 갖지 않았던 실내공기의 오염도에 눈길을 돌리게 되고 진실을 알게 되는 것이다. 공기는 흐름에 맡겨 흘러가게 해야 하는데, 그러지 못하면 오염도가 높아지는 것이다. 강제로라도 공기의 흐름을 만드는 공기 순환장치의 역할이 중요한데 시설 관리를 소홀히 한 결과다.

가정도 예외는 아니다. 겨울이라 창문마다 문풍지를 붙이고 꼭꼭 닫아 놓는다. 일주일에 한 번 청소할 때를 제외하고 일주일 내내 열어본 적이 없을 것이다. 하루에 한두 번씩은 창문을 열고 공기 순환을 시켜야 한다. 미세먼지 충만할 것 같은 바깥공기에 대한 신뢰가 없다면 '공기정화기'라도 가동해야 한다. 물론 미세먼지를 걸러낼 수 있는 수준의 기계 정도는 되어야겠지만 말이다.

초미세먼지 크기는 100만 분의 1미터 크기인 마이크로미터 단위를 사용한다. 크기가 10 마이크로미터면 미세먼지라고 하고, 2.5 마이크로미터 이하를 초미세먼지라고 한다. 사람 머리카락의 크기가 대략 60 마이크로미터니까 얼마나 미세한지 짐작이 갈 수 있을 것이다. 초미세먼지의 문제는 구성물질에 독성화학물질이 포함되어 있다는 것이다. 미세먼지 수준의 크기는 우리의 코나 입, 목의 점막을 통해 1차로 걸러낼 수 있다. 코딱지, 가래가 그 결과물이다. 그러나 초미세먼지는 크기가 너무 작아, 바로 코 상피세포에 영향을 주고 허파를 자극해 염증을 유발하는 한편, 혈관을 타고 인체에 직접적인 영향을 미친다는 데 있다.

현재로서는 차가운 시베리아기단이 남쪽으로 내려와 정체되어 있는 대기를 밀어내 주기를 바라는 아주 원시적인 해결책만을 바랄 뿐이다. 비가 오기를 바라며 하늘만 쳐다보는 천수답처럼 바람이 불어주기를 바라는 안타까움이 현실이 되어버린 것이다.

칼칼해진 입안과 목을 정화하기 위해 차(茶) 한 잔을 앞에 놓는다. 매일 아침 한 잔씩 마시는 설록차이지만 오늘 마시는 차는 의미가 사뭇 다르다. 초미세먼지를 씻어내 몸을 정화시키는 차이기 때문이다. 같은 차를 놓고도 맛이 달라지는 이유이며, 디테일에 강해야 하는 이유다. 디테일이라고 하면 세밀한 '신경 씀'을 말한다. 세밀한 신경 씀은 주의를 기울여 정신을 집중한다는 것이고, 그러면 기억의 공고화를 통해 수많은 연관어와 작용들이 함께 움직인다. 새로운 연결을 통해 전혀 느껴보지 못했던 오감의 끝까지도 표현해내게 된다.

오늘 마시는 차에는 6가지 감각 중 촉감에만 집중하기로 한다. 마시는 것이니 "뜨겁다, 따뜻하다, 식었다"로 대신한다. 차의 따뜻함은 온기이자 에너지다. 열에너지를 찻물이 간직하고 있기 때문인데, 결국 우리가 차를 마신다고 할 때 자연의 에너지를 마시는 것과 같은 이치다.

전기 포트로 에너지를 가하여 물 분자를 활성화시키고 그 안에 내재된 찻잎의 분자를 끄집어내어 물에 풀어 놓은 것이다. 그렇게 차 한 잔에는 자연의 에너지가 녹아있고, 살아 움직인다. 미세먼지의 위력을 잠재우기에 충분한 에너지가 차 한 잔에 담겨 있다.

10

비, 그리고 나무와의 대화

출근길을 나서 아파트 현관을 나오는데 비가 후드득 떨어진다.

분명 집을 나설 때 하늘이 흐리기는 했지만, 비가 금방 내릴 것 같지는 않았는데 엘리베이터를 타고 내려오는 사이에 비가 내리기 시작한다. 사무실에 가져다 놓은 우산이 3개나 있는데 오늘 하나 더 늘어날 예정이다.

다시 엘리베이터를 타고 집으로 올라간다. 구두를 갈아 신고 우산을 챙겨 다시 집을 나선다. 난데없이 구두를 갈아 신은 이유는 아침에 신었던 검은색 구두의 신발 굽이 나무 재질이라 비를 머금을 수 있기 때문이다. 전철을 타고 오는데 천둥소리가 계속 이어진다. 대기가 불안정한 모양이다. 천둥소리가 얼마나 요란한지 잠을 청한 앞좌석 사람들이 깜짝 놀라 깨어 주변을 두리번거린다. 전철 창문에 사선으로 된 빗금이 그어지더니 풍경화에서 모더니즘 추상화로 바뀐다. 도시에 사는 사람들이야 비에 젖어 습기 차고 꿉꿉하고 끈적이는 것보다는 구름 한 점 없이 청명한 하늘에 초록의 신록을 좋아할 수 있다. 하지만 세상은 물의 순환 속에 떠다니는 부유물에 지나지 않는다. 내리는 비를 반가워해야 할 일이다. 비는 생명의 근원이기에 과유불급이긴 하지만 부족한 것보다는 조금 넘치는 것이 더 좋은 것 같다.

인간이 세계를 지배하고 있다고 하지만 아직 자연의 순환까지 지배하지는 못한다. 인공강우를 유도하기도 하지만 아직은 천수답처럼 하늘을 바라보며 비가 오기를 기다릴 수밖에 없는 것이 인간의 한계이다. 물론 지하수를 파고 다른 지역에서 생수를 실어 오고 생존을 위한 방편은 있을 수 있다. 하지만 생활 기반 저변에 공존하는 모든 생명체가 함께 살아가야 한다. 지구 생명체 중에서 인간만이 물을 펑펑 쓰고 있다. 나아가 댐을 만들어 물을 가둬놓고 독점하기도 한다. 생명의 근원인 물을 오염시키고 화석연료를 무분별하게 사용하여 지구온난화를 가속화시키고 있는 것 역시 인간이다. 결국 인간만이 편리해지기 위해 인간을 제외한 온갖 생명을 괴롭히고 파괴시키며 생명의 독재자로 군림하고 있다.

그나마 다행인 것은 의식 있는 사람들이 더 이상 자연이 회복 불가능한 상태가 되지 않도록 이산화탄소 배출 최소화를 적극 주장하고 있다. 하지만 아직도 실천으로 이어지기까지 많은 시간이 필요해 보인다.

명백한 것은 지구온난화의 주범은 인간이라는 것이다. 46억 년을 살아온 지구는 어차피 유한한 존재다. 향후 50억 년을 더 살면 지구도 태양에 묻혀 흔적도 없이 사라질 테고 지구를 삼킨 태양도 적색거성이 되고 우주의 흰 별이 될 것이다. 100년을 살며 생명이라고 존재를 부각시켜봐야 지구의 나이에서 보면 보이지도 않는 먼지 한 점일 뿐이다.

"비가 많이 내리네.", "안 오네.", "날씨가 덥네.", "예전 같지 않네."라고 말하는 것은 모두 인간의 관점이다. 즉 나와 주변의 인간관계에서 비롯된 것이다. 시야를 조금만 넓히고 높이면 다른 세상이 펼쳐지고 받아들일 수 있다. 장대비 내리는 저 바깥조차도 구름 위를 넘어 올라가면 햇살 쨍쨍 내리쬐는 눈부신 풍경 아래로 비를 머금은 회색 구름이 이불처럼 펼쳐있는 다른 모습이 존재한다는 것을 알 수 있다. 아니 꼭 시선을 높일 필요도 없다. 오히려 낮추어 보아도 상선약수의 흐름 따라 내려가면 낮은 곳을 향하여 끊임없이 채우고 다시 내려가는 본질을 엿볼 수 있다. 세상을 보는 다양성의 관점은 무한대의 확률로 존재하며 불확정성의 원리로 현상이 되어 나타난다. 그렇게 세상 모든 것에 눈길을 주면 길가의 가로수가 초록 잎을 유지하기 위해 생명의 끝점까지 버티고 있는 줄 알게 된다. 나무와의 대화, 이름 모를 잡초와의 대화까지 필요하게 된다.

"그동안 목이 말랐지?
지금 내리는 소나기로 목을 축이고
너희의 초록 잎을 더욱 싱그럽게 키워나가렴."

산다는 것은 그런 것이다.

내가 지금 이 시간을 어떻게 볼 것이냐에 따라 세상은 내가 보고 싶은 대로 보이기 시작한다. 그래서 세상사는 일에 일체유심조(一切唯心造)는 진리가 아닌가.

마음 한번 먹어보자. 어떤 일, 모든 일을 다 할 수 있게 된다.

저 장대비 소나기처럼 시원하게 할 수 있다. 천둥번개는 치지만 말이다.

Part3

알고 있었지만 **이해**하고 **싶지** 않았다면

01

우리는 한 번도 그렇게 생각해보지 않았다

이렇게 청명할 수 있을까?

하늘이 말이다. 마치 어느 가을날 맞이하던 그 높은 푸르름 같다. 우리는 맑은 하늘을 쳐다보면 왜 가을이라는 단어가 함께 떠오를까? 브레인이 단어를 저장하는 기능과 연관되어 있어 그렇다. 이전에 저장되었던 비슷한 의미를 함유한 선행된 대뇌피질의 유사기억 옆에 계속 저장하기때문이다. 물론 대뇌피질의 저장방법은 '전압 펄스의 순서'다.

기억을 저장하고 인출하는 형태인 전압 펄스가 같은 주파수여야 함은 당연하다. 그래서 기억은 '옛 기억을 통과한다'고 한다. 이전에 경험하고 공부하고 체득하지 못한 기억은 되새김질할 수도 없으며, 없던 기억이 떠오르는 신기함은 더구나 있을 수 없다. 전혀 경험하지 못한 생각이 떠오른다는 것은 착각이자 환상일 따름이다. 오로지 본인 스스로 체험하고 체득한 것만을 기억해 낼 수 있다.

오늘 청명한 하늘을 보며 가을의 그 어떤 날이 떠오르는 것은 책이나 비디오를 통해 학습되었든, 아니면 직접 체험을 했든 기억의 저장고에 입력되었기 때문에 함께 떠오르는 연상의 언어로 작동하게 된다. 청명함-맑음-가을로 이어지는 기억의 연상은 바로 브레인의 작동원리다.

기억의 연상에 대한 질문을 계속 던지는 동안 물질로 이루어진 이 세계에 빈 공간, 빈자리는 하나도 없음을 알아차리곤 한다. 아무것도 없는 공허의 공간 같았던 이 대기의 허공조차도 그 자리에는 질소와 산소와 이산화탄소와 미세먼지로 가득 차 있다.

우리 눈에 안 보일 따름이었다. 20리터 생수통의 물을 작은 텀블러에 담는 동안, 생수통 안으로 공기가 쿨럭쿨럭 들어간다. 빈 공간이고 아무것도 없을 것 같은 생수통 안의 공간도 공기가 가득 채워지고 있었던 것이다. 그 공간이 진공이었다면 생수통 안의 물은 밖으로 나오지 못한다. 그렇게 채워져야 다른 곳으로 내보내고 나갈 수 있다. 산들산들 부는 바깥의 저 바람조차도 태양의 에너지를 받은 공기의 온도차로 인하여 에너지가 높은 곳에서 낮은 곳으로 흐르는 현상이다. 마치 빈 곳을 채우듯 몰려가는 것처럼 보이고 느껴지는 것은 오로지 우리의 지각이 그렇게 느끼기 때문이다.

가만히 들여다보면 모든 것은 본인이 생각하고 바라보는 대로 해석된다. 있는 그대로가 아닌, 자기가 보고 싶은 데로 보는 것은 그동안 지각과 감각에 대한 글에서 많이 논의되었던 주제이긴 하다. 하지만 모든 생각의 근원이 그 감각과 지각에서 출발하기에 근원의 추적은 중요한 행위 중 하나다. 그래서 각자 지각하는 것에는 분명 차이가 있을 수 있기에 내가 보고 느끼는 것과 타인이 보고 느끼는 것의 차이를 공유해야 오류를 줄일 수 있다.

타인의 시선을 중요시해야 하는 이유가 여기에 있다. 자기는 본인이 스스로 본 것, 느낀 것이기에 최선이며 최고라고 생각하기 쉽고 그렇게 믿게 된다. 그러나 그것은 코미디에 나오는 멘트처럼 "그건 니 생각이고 ~"이다.

혼돈과 혼동이 아니라 합리적인 생각의 합일점을 찾기 위해 타인의 시선만큼 중요한 것이 또 있을까. 같이 버무려 더 궁극의 질문을 찾아가는 과정, 그것이 인간이 모여 사는 사회를 앞으로 나아가게 하는 힘이다.

인문학도 자연과학의 바탕 위에서 그 진가를 발휘한다. 하지만 거꾸로 인문학에서는 자연과학의 세계를 한 치도 들여다볼 수 없다. 융합과 통합을 하는 과정에서도 순서가 있다는 말이다. 순서가 잘못되면 사이비 과학만 난무하게 된다. 요즘 잘못된 건강식품 및 의학에 관한 정보가 넘쳐나 사람들을 현혹시키는 현상을 보면 쉽게 알 수 있다. 제대로 깊이 있게 공부하지 않고 겉만 핥고 거기에 인문의 감정을 덧씌워 그럴듯하게만 포장을 한다. '불편한 진실'과 '안심시키는 거짓'의 선택에서 후자를 선택하는 확증편향에 스스로 빠져든다.

조금은 시간과 노력이 많이 들어갈지라도 진실에 관심을 갖고 다가가야겠다.

그래야 소소히 부는 바깥바람의 선선함을
선선함이라 느낄 수 있을 것이다.

02

차별과 차이의 본질

평등하고 공정한 사회가 만들어질까?

인류가 사회를 구성한 이래로 그 가치는 실현되고 있을까? 어떻게 생각하는가? 과연 이 이상적 사회가 만들어지고 있을까? 이미 만들어진 나라가 있을까?

세계 최강으로 군림하고 있는 미국 사회가 코로나19에 대처하는 방식과 미니애폴리스에서 경찰에 체포되던 흑인 남성이 목이 눌려 질식사함에 따라 벌어지는 시위와 이를 제압하는 미국 정부의 일련의 조치들을 보며 강대국의 허상과 심각한 인종차별의 단면을 들여다보게 된다.

인간사회를 들여다보면 복잡하기 이를 데 없으니 관점을 조금 달리하여, '우주 만물에 차별이 없는 존재가 있을까' 하는 의문을 던져본다. 차별과 차이가 없이 정말 대칭적인, 그런 상태가 있을까?

들여다보면 자연에는 차별과 차이만이 존재한다. 서로 달라지려는 끊임없는 진화만이 시간의 화살을 타고 있을 뿐이다. 빅뱅으로부터 시작된 우주의 진화라는 가장 근원적인 물음에서도 우주 물질 대칭의 붕괴로부터 시작되었다. 바로 차별과 다름이 이 우주의 원점이었다. 우주가 균형을 이루고 있었다면 빅뱅도 없었고 진화도 없는 잔잔히 호수의 수면처럼 아무런 변화가 없었을 것이다.

일단 하나가 선택되고 나면 더 이상 선택의 여지가 없으며 오직 한 가지 방법만이 주어진다. 이런 현상을 대칭성이 깨진다고 표현한다. 주어진 환경은 모두 대칭적이지만 실제 선택된 현실은 오직 하나이며 이때는 더 이상 모든 선택이 갖고 있던 대칭성이 사라진다. 대칭의 자발적 붕괴(Spontaneous Symmetry Breaking)인 것이다.

은하계가 그렇고 태양계가 그렇다. 힘에 끌려간다. 중력에 의해 궤도를 돌고 합쳐지고 폭발하여 초신성을 만들어내고 다시 별들이 생성된다. 바로 힘의 불균형 때문에 우주가 움직인다.

우주는 그렇게 생겨 먹었다. 차별과 편차가 존재하여 생겨났기 때문이다. 인간만이 이 차별과 차이를 극복하고자 끊임없이 노력한다. 평등하고 공정하자고 한다. 차이가 있으면 안 된다고 한다. 맞는 말이다.

그런데 이 차이를 극복하고 공정과 평등으로 가는 길은 험난하기만 하다. 도저히 그 간극을 좁힐 수 없을 것 같다. 사실 어떤 현상에 공정과 평등을 들이댈 것이냐가 관건이지만 지금 우리 사회는 경제적 부에 그 잣대를 가져다 놓는다.

가진 자는 너무 가지고 있고, 없는 사람은 그저 그런 현상만을 유지하고 있으니 불공평하다는 것이다. 어떻게 균형의 추를 맞추어가야 할까? 공정한 운동장에 서게 하는 방법은 어떤 것이 있을까? 공정한 판은 결코 있을 수 없다는 것이 나의 결론이다.

우주의 탄생이 그렇고 세상 만물 돌아가는 것이 이미 불균형에서 시작했기 때문이다. 불공평하기에 공평하기를 추구하는 자세는 인간이 갖고 있는 의식 진화의 상징이기에 바람직하다고 할 수 있다. 결정론적으로 세상을 보면 허무주의가 우선할 수밖에 없지만, 그 결정론을 넘어 끝없는 공정의 길을 갈 수 있도록 만드는 것도 인간만이 할 수 있는 유일한 것이기도 하다.

할 수 없음을 할 수 있음으로 만드는 도전정신이 던진 질문이 결국 세상을 지배하는 존재로 인간을 변화시켰다. 이상주의의 추구는 그래서 희망을 담고 있다. 바뀔 수 있고 변화할 수 있다는 희망이다. 그러나 이 이상은 현실에 바탕을 두어야 한다. 과거가 없으면 현재가 없고 현재가 없으면 미래가 없다는 선형적 단순 논리로도 작동한다. 내가 서 있는 바로 이 자리, 바로 이 시간에 대해 깊이 생각해 봐야 하는 이유다.

어떤 판 위에 있는지는 본인이 제일 잘 알고 있다. 어떻게 받아들일지도 본인이 제일 잘 인지하고 있다.

차별과 차이의 우주적 본질에서 내가 서 있는 판의 위치는 어디인지 깨닫는 순간, 자신이 어디로 발걸음을 옮길 것인가는 자명하다. 어둠과 비관의 길을 걸으며 자책할 것인지, 그래도 아직 희뿌연 안개 속이긴 하지만 앞에 보일 듯 말 듯 한 빛이 있음을 따라갈 것인지 말이다. 일상과 삶을 사는 자세는 아주 작은 차이에서 시작한다. 바로 시선의 높이와 관점이다.

지금 이 시간,

어느 수준에 눈높이를 맞추겠는가?

무슨 일이든 첫 시작이 중요하다.

'시작이 반이다'라는 말의 의미는 아마도 시작을 어떻게 하느냐에 따라
방향이 잡히기 때문일 것이다. 아니 어쩌면 시작과 방향은 동시적일 수
도 있다. 어떤 것이 먼저라는 우선순위가 아니라 시작이 곧 방향을 결정
하는 것이니, 같은 개념이라 할 수 있다.

글을 쓸 때, 첫 화두로 날씨 이야기로 시작하는 경우가 많다. 그 이유

로는 나름 친밀감을 높이며 관심을 유도하기 위함이기도 하다. 날씨는 일상과 밀접하게 연결되어 있을 뿐만 아니라 곧 환경을 공감하고 있다는 뜻이기도 하다. 그렇게 일단 공감을 유도한 후 연결조사를 이용해 쓰고자 하는 방향으로 문장의 흐름을 이어 나간다.

글은 상호 간 의사소통을 하기 위한 도구이다. 인간만이 진화시켜온 놀라운 전달능력이다. 자자손손 유전시키는 어려운 과정을 거치지 않아도 학습을 통해 지식과 지혜를 전달할 수 있었기에 지구의 지배자가 될 수 있었다. 물론 유전이라는 DNA에 한번 각인시키면 대대손손 변하지 않을 수 있다. 하지만 그렇게 유전적 흔적으로 남기 위해서는 수천 세대를 이어가야 한다. 효율적인 측면에서는 비효율적일 수 있다. 당장 배워 써먹을 수 있는 수단이 있는데 군이 오랜 세월 각인되기를 기다릴 필요가 없어진 것이다.

출근길 전철에 앉을 좌석이 없어 서서 오느라 책도 펼치기가 힘들어 머릿속을 '가치'라는 화두로 채웠다. 아침 사색의 시간이 출근길에 국한되어 짧긴 하지만 선선한 아침 공기를 마시며 오는 동안 한 생각에 집중하는 습관을 들여 보고자 했다. 'Value'는 상대적이다. 경중을 따질 수 없다. 모든 것에는 있어야 할 의미가 있으며 그것이 곧 가치라는 것이다.

이것이 저것보다 못하다 또는 좋다는 비교의 가치가 있을 수 있으나 그것은 가치의 개념에 대한 몰이해라고 볼 수 있다. 사회에서 한 단어가, 의미가 통용되어 모든 사람들이 상징의 의미까지 공유하게 될 때 단어로서의 가치를 갖게 된다. 그것은 각 지역사회에 속한 문화권에 따라 의미가 달라질 수 있기에 같은 개념의 뜻으로 평가받아 공통의 약속이 뒤따라야 가능한 것이다.

오늘 하루에는 어떤 가치를 부여할까. 자기만의 가치로 사회를 평가하는 게 맞는 것일까. 수준이 가치를 좌우할까. 가치가 수준을 좌우할까. 출근길에 잡은 화두치고는 너무 심오한 듯하여 저녁까지 내려놓아야겠다. 사무실 일에 정신 팔리다 보면 어쩌면 잊히는 가치일 수도 있을 것이다.

그래도 순간순간 깨어 잠시나마 뒤돌아보고 침잠하다 보면 무언가 실체가 떠오르지 않을까? 자연과학을 접하면서 떨쳐버린 지 오래된 관념의 골짜기로 스멀스멀 짙은 안개처럼 번져가는 것이 있다. 역사학자인 유발 하라리가 다가올 미래를 예측하며 바라보듯이, 들여다본 것을 인간의 가치로 다시 표현해 내고 구현해내는 능력은 인본주의자들의 몫이었던 것 같다.

지금은 그저 들여다볼 일이다.

04

환경이 행동과 심성을 좌우한다

삼라만상의 존재 의미는 자아에 있다.

내가 있고 난 후에 세상 모든 것이 존재한다. 연대기적 시간 표현으로는 맞지 않으나 세상의 모든 것은 나의 존재로 인하여 의미를 갖는다. 생각의 본질과 세상을 해석하는 능력을 개인이 소유하고 있기 때문이다.

그런 이유로, 나는 세상의 모든 현상을 나의 시선과 수준으로 바라보고 받아들이게 된다. 그 시선과 수준에는 개인적인 경험들이 반영돼 있다. 경험과 기억들을 나름대로 떠올리며 비교해 새로운 현상을 받아들이고 재해석하기도 한다.

이 해석의 교차점에서 긍정적 해석이냐 비판적 해석이냐에 따라 생각의 길은 전혀 다른 길을 가기도 한다. 물론 무한대의 길이 존재하기에 어떤 길이 더 좋은 길이냐는 경중을 따질 수는 없다. 각각의 길은 그 상황과 시간적 놓임에 따라 각각 맞을 수도 있고 다를 수도 있기에 그렇다.

하지만 최종 결과는 본인의 선택이다. 선택한 길이 험할지라도 기꺼이 받아들이면 좋은 길로 변모한다. 일체유심조, 세상 모든 일은 마음먹기 달렸다는 이 말이 어쩌면 진리에 가까운 말일지도 모르겠다.

본인의 선택을 긍정적이고 맑게 하고자 추구하고 노력하는 것은 인간으로서 당연한 일일 것이다. 매일 물질적이든 정서적이든 찌들어 살길 바라는 사람은 없을 것이기 때문이다.

그런데 이 선택을 잘하기 위해서는 주변 환경을 긍정적으로 맑고 밝게 조성해야 한다. 스스로 만들 수도 있고 이미 밝게 만들어진 환경으로 들어갈 수도 있다. 이 환경은 사람의 심성과 행동을 좌우하는 근본이 되기에 중요할 수밖에 없다.

내가 지금 하는 생각, 행동 모든 것이 바로 이 환경 속에서 만들어지고 행해지는 것임은 자명하다. 한 치도 벗어날 수가 없다. 좋은 것을 생각하고 좋은 사람을 만나고 좋은 것을 먹고 마셔야 한다. 그것이 나를 둘러싼 환경이기에 그렇다.

주변이 더럽고 역한 냄새가 나면 당연히 내 생각도 그렇게 물들게 된다. 권모술수에 능한 사람을 만나면 내 심성도 그렇게 변한다. 맹모삼천지교는 그래서 인간사의 진리이다.

물론 생물학적으로도 마찬가지이다. 난자가 수정되어 생명의 분화를 시작할 때조차도 바로 이 수정난의 분화과정에서 에너지를 주는 모태의 영향을 받는다. 후성유전학의 본질이다. 살아있는 모든 것은 바로 환경의 적응에서 오는 진화였기 때문이다.

오늘 내가 있는 이 환경을 어떻게 바라보고 어떻게 맞춰 나가야 할까? 내 생각과 행동을 먼저 긍정의 힘으로 충전해야 한다. 내가 움츠려 있고 힘없어 보이면 그 부정의 힘은 점점 영역을 넓혀 나간다. 그러나 내가 원기 충천하고 밝으면 보는 사람조차 미러 뉴런에 의해 긍정의 힘으로 비치게 된다. 그러면 세상은 점점 밝아지고 긍정의 힘이 지배하게 된다.

어떤 결정을 하고 주변 환경을 어떻게 개선하고 맞춰야 할 것인지는 자명하다.

사랑을 하게 되면 세상이 밝아 보이듯 우리는 사랑의 시선으로 주변을 봐야 한다.

"세상이 밝다 하면 세상이 밝아지리라"는 진리이다.

05

진실을 봐도 불편해지는

세상이 온통 거짓과 속고 속이는 틈바구니 속에 있는 것 같지만 그래
도 한 치의 거짓 없이 진실만을 보여주는 것도 있다.

거짓 없는 진실, 그리고 훈훈한 감동 스토리를 찾고자 하면, 이 또한
'거짓의 수'만큼이나 많다. 무얼 찾고 무얼 되새길 것인지는 자명하다. 진
실을 찾고 훈훈함을 찾는 일이 바로 스트레스를 줄이는 길임을 말이다.

그런데 진실을 보여줘서 오히려 스트레스를 더 받는 경우도 있다. 바

로 내 몸무게를 진실로 보여주는 '체중계'가 그중 하나다. 체중계가 내 몸무게가 늘었다는 사실을 거짓 없이 보여준다. 진실을 보면서도 불편해진다.

'불편한 진실'과 '안심시키는 거짓'의 확증편향에서 '안심시키는 거짓' 숫자가 찍히기를 바라는 얄팍한 옹졸함이 먼저 작동한 것이다. 지난 저녁 볶음밥 한 수저 덜 먹고, 후식으로 자두 한 알 안 먹고, 냉장고에 돌아다니던 생맥주 한 캔을 안 마시고, 안주로 먹은 캐나다 메이플시럽 쿠키의 유혹을 견뎌냈더라면... 하는 후회가 체중계에 올라있는 동안 스쳐 지나간다. 체중계의 숫자가 보여준 '불편한 진실'은 달콤한 입안의 행복을 이기기에 역부족인가 보다. 그래도 아직 70kg까지는 안 가고 있다는 '안심시키는 거짓'으로 위안 삼아 본다.

요란했던 장마가 지나고 전국이 폭염에 휩싸이고 있는데, 서울지역은 오늘과 내일 비가 지나갈 것 같단다. 오랜 장마 끝이어서 그런지 이른 아침이 선선했다. 나만 느낀 느낌일까? 한 달이 넘는 장마 기간에는 "제발 비야 그만 물러가라"고 했는데 며칠 반짝 뜨거운 태양 볕에 있으니 다시 비를 그리워하고 시원함을 찾게 된다. 간사한 인간의 마음을 평가하고 싶은 게 자연일까? 자연은 그렇게 그 안에 모든 걸 품고, 모든 걸 시험하기도 한다. 그 안에서 생존의 거미줄을 걸고 있는 인간은 한 치도 벗어날 수 없으며 벗어난 적도 없다.

항상 오늘 지금 이 순간만을 살고 있는 인간은 바로 지금을 어떻게 살고 있는가에 모든 가치를 가지게 된다. 과거가 쌓여 오늘 이 순간이 된다고 하지만 그 순간은 기억의 허상뿐이다. 기억되지 않은 과거는 있을 수없는 현실이다. 시간의 흐름이라는 것은 그런 것이며 시간의 지배를 받는 자연은 항상 그래 왔으며 시간의 배를 타고 있는 인간 또한 그 안에서 존재의 의미를 찾기에 시계열적 상황으로 시간을 보게 된다. 그것이 자연스러운 것이며 그것이 진리라고 생각했던 것이다.

결국 시간은 인간이 만들어 내고 의미를 부여한 상상임에도 그 굴레를 스스로 둘러쓰고 갇혀버린 신세가 되었다. 세상 만물 중에 시간의 개념을 갖고 사는 존재는 인간밖에 없다. 시간에는 비교의 대상이 있어야 한다. 1분 전과 지금, 과거 몇 년 전의 어느 날과 최근 몇 년 전의 어느 날처럼 말이다.

비교의 기준이 없으면 시간은 아무 의미가 없다. 비교가 된다는 건 변화를 의미한다. 변화가 없다면 시간은 아무 의미가 없다. 성숙해진다, 늙고 있다는 건 모두 다 변하고 비교되는 대상이 있기 때문에 가능해지는 현상이다. 이 현상은 바로 관계에서 온다. 나와 상대방, 나와 사물과의 관계 속에서 등장하는 변화율이 시간으로 정의된다. 그래서 "자네에 비해 내가 나이를 많이 먹었군. 머리숱도 하얗게 되고 내가 더 늙어 보이는군."하는 문장이 실효성을 갖게 된다.

하지만 시간을 쪼개 스틸 사진처럼 정지해 놓고 필요한 사진만 빼내는 방법으로 엿보게 되면 세상을 보는 눈은 훨씬 스펙터클 해진다. 연속 동영상으로는 볼 수 없는 것들을 세심히 들여다볼 수 있으니 말이다. 세상을 보는 눈을 넓히고 높이는 일이 그만큼 중요한 것임을 느낄 수도 있다.

세상을 보는 눈의 확장에는 동반자가 필요하다. 혼자서는 주변을 인식하는 데 한계가 있을 수밖에 없다. 혼자 할 수는 있지만, 힘과 노력이 더 들어가야 가능하다. 하지만 동행자가 있으면 좀 더 수월하게 적응할 수 있다. 변수를 최대화해 착오를 최소화할 수 있기 때문이다. 모든 시작과 끝에는 그래서 반드시 또 다른 동행자가 있다. 아니 공감대를 가진 여러 명이 될 수도 있다. 그 숫자는 가우스 분포를 가질 것이다. 무작정 많으면 좋지 않을 수 있기 때문이다.

一期一會(일기일회)
"지금 이 순간은 생애 단 한 번의 시간이며,
　지금 이 만남은 생애 단 한 번의 인연"

법정스님의 법문이다. 법정스님의 법문집 제목이기도 하다.

단 한 번의 기회를 같이할 동행자가 있다는 것은 삶에서 부여받은 축복 중에 최상의 축복이 아닌가 한다. 생명의 진리 중에 최고는 "신체가 건강해야 한다"는 것이다. 모든 사유와 움직임이 신체로부터 시작되는 현상이기 때문이다. 진리는 단순하다.

복잡한 논리가 아니라 찰나의 순간에 대응가성할 수 있는 평범함에 숨어 있다. 세상을 보는 눈의 확장도 '내가 존재할 수 있게 하는 그것' 바로 건강에서 출발한다.

건강하자.

건강을 위해 노력하자.

06

'나이 들었다'는 핑계는 버려라

돌아보면 그저 시간만 흐르는 것 같은 느낌이다.

나이가 들수록 시간이 빨리 흐른다는 것은 이미 과학적으로도 증명됐다. 보통 영화 필름에 많이 비유하는데, 영상물이 마치 흐르는 물처럼 제대로 보이려면 초당 24컷 정도의 정지영상이 이어져 지나가야 인간의 시선은 흐르는 것처럼 자연스럽게 볼 수 있다. 영화는 정지화면을 계속 돌려서 동영상처럼 만든 것이다.

인간이 '지금 이 순간' 정지된 영상을 계속 돌려 흐르는 것처럼 인식하는 것은 영화 필름 돌아가는 것과 같다는 것이다.

즉, 젊어서 브레인의 해마세포들이 쌩쌩할 때는 이 정지영상이 24컷으로 잘 돌아가지만, 나이가 들어 해마세포들의 활성화가 줄어들면 24컷이 아니고 20컷, 점점 시간이 흐르면 10컷 정도로 돌아가는 것과 같은 이치로 생각하면 편하다. 회로의 연결이 원활치 않은 것이다. 10컷 정도만 뜨문뜨문 보이면 사라진 컷들에 시간이 개입된다. 장면이 건너뛰어 빨리 흐른 것처럼 느끼게 된다. 나이가 들어 시간이 빨리 흐른다고 느끼는 이유다.

그렇다면 "나이가 들수록 기억력도 떨어진다"는 것도 진실일까?

"요즘 정신이 가물가물 하나 봐! 어제 본 것도 기억이 안 나!", "벌써 치매가 온 건가? 친구 이름도 생각이 안 난다." 등등 나이와 기억력 감퇴의 상관관계를 들이대며 수없이 많은 사례들을 나열할 수 있다. 과연 그럴까.

안타깝게도 나이 듦과 기억력 감퇴를 엮어서 위안을 받아보려는 꼼수는 통하지 않는다. 나이 듦과 기억력은 큰 관계가 없다고 한다. 물론 "정말 아무 상관도 없어? 진실이야?"라고 윽박지른다면 "꼭 그렇지만은 않을 수 있다."라고 한발 물러날 수밖에 없지만, 적어도 기억력은 나이 80세 정도까지는 크게 떨어지지 않는다는 것이 정설이다. 우리가 기억력이 떨어진다고 착각하는 것은 어떻게 느꼈는지를 가지고 그것을 기억이라고 부르고 있는 데에서 오는 감각의 오류 때문이다.

인간은 기본적으로 생각을 깊고 복잡하게 하는 것을 싫어한다. 간단하게 생각하도록 진화해 왔다. 건망증이 심해졌다는 기억력의 본질이 여기에 숨어 있다. 아주대 심리학과 김경일 교수에 의하면 인간은 '인지적 구두쇠'라고 한다. 호모 사피엔스는 원시 수렵생활을 하던 8만 년 전부터 손을 많이 쓰도록 진화를 거듭했지만, 이 기간 동안 뇌는 5% 정도밖에 진화하지 못했다. 아직 우리의 브레인은 원시 수렵생활에 익숙해 있는 상태라는 것이다. 특히, 직립하게 되면서 심장에서 뇌로 혈액을 공급하는 일은 신체적으로 엄청난 부담으로 작용한다. 에너지가 많이 소모된다. 심장도 과도하게 펌프질을 해야 한다. 더구나 브레인에서 생각을 많이 하면 할수록 에너지는 더욱더 필요해지는 악순환에 빠진다. 어떻게 극복할까?

방법은 생각을 덜함으로써 에너지를 최소화하는 쪽으로 진화를 거듭하는 것이다. 그렇다고 바보로 회귀하는 것을 말하는 것은 아니다. 생각을 범주화해서 저장하는 방법을 터득해냈다. 즉 에너지를 덜 쓰는 방법이다. 대칭의 법칙도 알아야 한다. 대칭은 한쪽만 봐도 반대편이 동일하니 에너지를 안 들여도 알 수 있다. 가령 뭐가 있는지 상황이 어떤지 말이다. 보는 순간 처음 상황을 기억하고 비슷한 상황은 무시해 버리거나 합치기도 한다. 기억의 초두 효과와 최신 효과 방법이다. 하지만 이 모든 기억의 법칙들이 인간의 의지에 의해 벌어지는 파노라마가 아니라는 것이다. 자연스럽게 브레인 '세포'들이 만들어 내는 향연이다. 그렇게 진화되어 온 것이라는데 핵심이 있다.

나이 들었다고 핑계를 대면 안 된다. 사용하면 닳게 되지만 우리의 브레인 세포 중에 유일하게 사용하면 사용할수록 새로 만들어지는 세포가 있다. 바로 해마의 CA1,2,3 세포들이다. 하지만 사용하지 않으면 멈춰있거나 죽어간다. 우리가 끊임없이 공부하고 새로운 것을 시도해야 하는 이유가 여기에 있다. 생각을 덜 하는 쪽으로 진화해 왔지만 우리는 그 생각의 범주를 넓히는 작업을 끊임없이 해내야 소위 기억력의 감퇴를 막을 수 있다.

멈춰있는 해마 세포를 활성화시켜야 하지 않을까?
나이가 들어 기억력이 떨어졌다고 계속 핑계를 늘어놓을 생각인가?

미국의 유명한 텔레비전 진행자였던 코난 오브라이언(Conan O'Brien)이 NBC '레이트 나잇 쇼'를 마지막으로 진행하면서 한 멘트를 2011년 다트머스 대학 졸업 축사에서도 인용한 바 있는데 오늘 주제와 딱 맞아 소개하려 한다.

"Work hard, be kind and amazing things will happen."
"열심히 하세요. 친절하세요. 그러면 놀라운 일들이 벌어질 겁니다."

우리의 기억은 그러하다. 무엇이든지 열심히 하고 친절히 하면 정말 놀라운 경이로 다가온다.

07

마스크 때문에 표정을 읽을 수 없다

코로나19 확산은 커뮤니케이션 방식마저도 바꿔 버렸다. 마스크 때문이다.

사람은 얼굴 표정을 통해 감정을 전달하는 유일한 유인원이다. 얼굴에 '털이 없는 원숭이'로 진화해 왔다. 「털 없는 원숭이」의 저자 데즈먼드 모리스(Desmond Morris) 가 통찰한 동물학적 인간론을 들먹이지 않더라도 우리는 마스크로 인하여 의사소통에 커다란 혼란을 겪고 있음을 매일 체험하고 있다.

마스크를 쓰면 얼굴 전체에서 눈 주변만 보인다. 얼굴 표정으로 표현해내는 다양한 감정을 전혀 읽어낼 수 없고 보여줄 수도 없다. 사람 간의 커뮤니케이션에 분명 문제가 발생하곤 한다. 미국의 오하이오 주립대학 연구팀에 의하면 인간은 행복, 슬픔, 두려움, 분노, 혐오, 놀라움 등의 6가지 감정을 21가지의 얼굴 표정을 통해 만들어 낼 수 있다고 한다. 사람의 얼굴에는 43개의 근육이 세밀하게 분포하고 있기에 가능하다. 안면 근육의 대표적 기능은 음식물을 씹는 저작운동과 얼굴 표정을 제공한다. 저작기능에 사용하는 안면근육은 간단해서 측두근을 포함 3개 정도만을 사용하면 되지만 표정을 짓기 위해서 특히, 웃을 때 사용하는 근육은 사람마다 다르기는 하지만 대략 17개가 함께 움직여야 한다. 화난 표정을 짓기 위해 사용하는 근육보다 훨씬 많은 안면 근육을 사용하기에 많이 웃으라고 하는 것이다.

그런데 마스크를 착용하면서부터 이 얼굴 표정을 전혀 읽어낼 수가 없다. '털 없는 원숭이'에서 '털 있는 원숭이'로 회귀하고 있는 것 같다. 얼굴 표정을 통해 상대방의 감정을 읽어내도록 진화해 왔는데, 마스크를 쓰고 있으니 마스크가 얼굴을 덮고 있는 털의 역할을 하고 있으니 말이다. 이는 표정을 감추고 있는 것과 같다. 표정을 감춘다는 건 상대방을 경계하게 만들기도 한다. 상대방이 어떤 감정 상태인지, 나를 공격할 것인지, 나를 포근히 안아줄 것인지, 어떤 상태인지 전혀 예측할 수 없다. 사람들의 불안감이 늘어가고 스트레스가 쌓이는 데는 집콕생활을 하고 여행을 못 가는 데 제일 큰 이유가 있겠지만 이렇게 사람들의 표정을 읽지 못해 상대방의 감정을 눈치채지 못하는데도 원인이 있지 않나 생각된다.

상대방의 감정을 읽기 위해 우리는 많은 에너지를 사용한다. 인간은 사회적 동물이기에 그렇게 진화해 왔다. 코로나19로 모든 회의와 강의 등이 온라인 강의로 이루어지고 있는 가운데 온라인으로 강의를 들으면 대면 강의 때보다 더 피곤하다는 사람이 많다. 실시간 온라인 강의이지만 통신 상황에 따라 버퍼링이 자주 발생하여 영상이 끊겼다 이어지는 현상이 발생하는데 이로 인한 피로도가 예상외로 크다는 것이다. 통신상의 버퍼링 문제로 인한 시간 차이지만 우리의 브레인은 나의 인식 작용에 문제가 있는 것으로 판단한다. 좀 더 신경 써서 들으려고 하고 주의를 집중해서 화면을 바라보게 한다. 오감을 모두 피곤하게 하는 현상이다. 결국 강의실에서 마주하고 있으면 상대방의 표정을 통해 무엇을 전달하고자 하는지, 무엇을 강조하고 무엇을 가르치려고 하는지, 단번에 알아챌 수 있는 걸 못하게 됨으로써 착각의 오류가 발생하는 것이다.

글은 시간을 지배하지만 말은 공간을 지배한다. 말은 현장에서 상대방의 표정을 보며 전달받고 전달해야 비교적 정확한 의사표현과 감정을 전달할 수 있다. 음성만을 녹음해서 전달하는 것과 영상으로 녹화해서 전달하는 것이 또 다른 감정 전달을 불러일으키는 것만 봐도 자명하다. 물론 음성만 들어도 음성의 높낮이와 장단으로 상대방의 감정을 어느 정도 눈치챌 수는 있지만 얼굴 표정을 볼 수 있는 영상 기능을 능가할 수는 없다. 그만큼 얼굴 표정은 감정과 의사전달의 핵심 요소다.

코로나 형국에서 빨리 벗어나 마스크를 시원하게 벗어던져야 하는데 백신 접종으로 면역력이 자리를 잡는다 하더라도 마스크 착용은 지속될 것으로 보인다. 그렇다면 마스크 착용으로 인해 상대방의 표정을 보지 못하게 됨으로써 발생하는 의사소통과 감정의 전달을 어떻게 효율적으로 할 것인지에 대한 문제를 해결해야 한다. 몇몇 사람들만의 고민이 아니고 인류 전체의 의사소통과 관련된 중요한 문제로 부각되고 있다. 이미 CES 2021에서 첨단 기술들이 접목된 '스마트 마스크'들이 등장하기도 했다. 헤파필터를 적용하여 외부 공기를 걸러주고 호흡을 돕기 위한 소형 팬을 장착한 마스크가 소개되는가 하면, 전면부를 투명하게 하고 어두운 곳에서도 입이 보이게 하는 LED를 장착하여 입 모양을 보여주는 마스크까지 공개됐다. 코로나를 극복하더라도 마스크 착용은 지속될 것이라는 공감대에 재빨리 반응한 것으로 보이지만 마스크 가격과 상용화가 보편화에 걸림돌이 될 듯하다.

마스크를 쓰지 않고 상대방의 표정을 읽고 감정을 알아차릴 수 있는 날이 하루빨리 오길 바란다. 하찮은 바이러스 때문에 인류의 진화가 거꾸로 역행하지 않기를 말이다. 털 없는 원숭이의 다양한 표정을 통해 사랑을 느끼고 가슴이 따뜻해지기를 바라본다.

08

'나'에 대해 나보다 '주변 사람'이 더 잘 아는 이유

'열 길 물 속은 알아도 한 길 사람 속은 모른다'라는 말이 있다.

참으로 그러하다. 화성 탐사 로버 퍼서비어런스(Perseverance)가 우리가 발을 디디고 있는 지구라는 행성을 넘어 화성의 지표 사진을 실시간 전송하고 있다. 그럼에도 불구하고 우리는 지구의 속살이 어떻게 되어 있는지 잘 모른다. 매일 올려다보는 달에 사람의 발자국이 찍힌 1969년 이후로 달에 다녀온 사람은 10여 명이나 된다. 반면에 달보다 더 가까운 지구표면에 자리한 지구의 가장 깊은 심해 '마리아나 해구' 11,034m까지 내려가 본 사람은 3명 정도밖에 되지 않는다. 그중 한 명이 영화 아바타 제작자로 유명한 제임스 카메론 감독이다. 그는 지난 2012년 그곳을 내려가 보았다. 우리는 꼭 인간의 마음이 아니더라도 이렇게 가까이 있는 것보다 멀리 있는 것을 더 동경하고 더 잘 아는 경우가 많다.

아이러니가 아닐 수 없다. 가까이 있는 것을 더 잘 알 것 같은데 그렇지 않다니 말이다. 만약 그렇다면 나에 대해 가장 잘 아는 사람이 내가 아니라는 이야기가 될 수도 있다. "내가 누구지?"라고 되돌아보면 갑자기 말문이 막힌다. 나의 존재에 대해 한 번도 정의를 내려 본 적이 없기에 그렇다. 물론 모든 사람이 다 그렇다는 것은 아니다. 대부분의 사람들이 그렇다는 말이다. 나에 대한 정의는 오히려 주변 사람들에게 물어보면 더 명쾌한 답을 들려준다.

나는 생각과 행동 대부분을 거의 무의식적으로 처리한다. 그렇게 하도록 학습되어 왔고 그렇게 해도, 사는데 큰 지장이 없었으며, 또 그러했기에 지금까지 잘 버티고 생존하고 있기 때문이다. 이러한 평소의 행동과 생각에 의심을 갖고 되물을 때는 무언가 평소처럼 돌아가지 않고 막힐 때다. 이를테면 운동을 열심히 했는데 팔다리가 아프다거나, 일을 처리했는데 원하는 결과가 도출되지 못하는 경우 말이다. 우리는 정말 평범하게 살아가고 있는데, 익숙하지 않은 상황을 마주하게 되면 다시금 되묻게 된다.

하지만 내 주변의 사람들은 내 모습이 본인과 다르기에 유심히 관찰하고 있다는 것이다. 무슨 말을 하는지, 어떤 행동을 하는지 지켜보게 된다. 보고 싶지 않아도 보인다. 나와 다르기 때문이다. 그래서 주변 사람들이 나보다 나를 훨씬 잘 알게 된다. "너는 조금 소심하지만, 마음은 참 따뜻해. 주변을 세심히 챙겨주잖아.", "넌 정말 낙천적이야. 세상을 밝게 보잖아. 네 옆에 있으면 힘이 생겨.", "넌 정말 멋쟁이야. 감각이 있어. 옷도 잘 입고 핏이 살아있잖아. 대단해.", "넌 너무 이기적인 거 같아. 항상 혼자 이해득실을 따지잖아." 등등의 표현으로 상대방에 대한 이야기를 하게 된다.

"뭔 소리? 웃기고 있네. 나보다 네가 나를 잘 안다고?", "뭘 아는데?" 되물어 보자. 과연 내가 나를 모르고 있는지, 나보다 주변 사람을 더 잘 알고 있는지 말이다. 겉으로 드러난 것만 보게 되는 주변 사람들이 과연 나를 나보다 잘 알 수 있을까 하는 의문을 제기해보자는 것이다.

그러려면 나에 대해 자꾸 질문을 던져야 한다. 내가 누구인지, 내가 지금 무얼 하는지, 주변 사람과의 관계는 어떠한지 자꾸 나에게 물어봐야 한다. 나에 대한 질문을 던져본 적이 없었기에 대답을 찾기가 힘들지도 모른다. 그럼에도 불구하고 한번 질문을 던지기 시작하면 끝없이 질문을 하게 되는 묘한 엮임이 있다. 그만큼 자기에 대한 욕망의 불씨는 심장 깊은 곳에 잠재되어 있기 때문이다. 우리는 질문을 던지는 방법을 몰랐을 뿐이다. 질문을 제대로 던져야 제대로 된 답을 찾을 수 있다. 질문이 정확해야 답도 정확해진다.

정확한 질문을 던지면 정확한 답은 누가 어떻게 낼까? 포털 사이트를 뒤지면 나올까? 과학의 신이라는 구글링을 하면 그 안에 해답이 있을까?

질문의 수준이 답의 수준을 결정하는 것은 자명하다. 하지만 자기에 대한 질문은 자기만이 해답을 낼 수 있다는 점에서 특이하다. 주변에서 아무리 나에 대한 정의를 쏟아낼지라도, 나는 나만의 해답을 가지고 있다. 선과 악이 공존하는 아브락사스(Abraxas)에서 무엇을 끄집어낼 것인지도 본인의 몫이며 엠비밸런스(Ambivalence)의 이중감정에서 긍정적인 감정을 더 발현시킬 것인지도 본인의 역량이다. 누구에게나 해당하는 것을 나만의 것으로 치환하는 '바넘 효과'의 유혹에서 벗어나 정말 자기만의 특성을 찾아내는 일, 이것이 자기에 대한 질문이다.

남들이 아는 나에 대한 겉모습을 치장하기 위한 것이 아니라 내면의 심연을 강화하기 위한 질문을 던져 보자.

"너는 누구냐?"

눈에 보이는 신체의 상처보다 눈에 보이지 않는 마음의 상처는 무시되기 십상이다.

눈에 보이지 않으니까 없는 거나 다름없이 취급되기 마련이다. 마음의 상처는 증명해 보이기도 쉽지 않다. 오랜 시간이 흘러 마음의 상처가 신체의 상흔으로 드러날 때가 되어서야 아픔을 눈치채게 된다. 몸과 마음이 공진화하는 생물임에도 눈에 보이느냐 안 보이느냐에 따라 다르게 착각한다.

오로지 착각이다. 실제로 신체의 상처로 인하여 아픔을 느끼는 것과 마음의 상처로 인하여 아픔을 느끼는 브레인의 부위가 같다. 전두엽 한 가운데 있는 전대상피질(ACC ; Anterior Cingulate Cortex)이다. 이 ACC가 주의나 반응 억제 및 통증에 관여한다. 팔다리에 상처가 나서 통증이 있을 때 복용하는 진통제는 상처 부위인 팔다리로 가서 진통 효과를 발휘하는 것이 아니라 이 ACC 세포를 진정시킴으로써 아프지 않게 느껴지는 것으로 착각하게 만드는 작용을 한다. 그런데 마음의 상처도 진통제를 먹으면 효과가 있다. 진통제가 같은 작용을 한다는 것은 마음의 상처가 발현하고 치유되는 곳도 이 ACC와 연관이 있다는 것이다. 브레인이라는 하드웨어는 물리적인 것인지 관념적인 것인지 구분하지 않고 오로지 화학식으로 반응하기 때문이다. 생각도 '나트륨과 칼륨의 화학적 전자의 이동'이라고 정의 내리면 너무 어려울까?

하지만 우리 브레인이 작동하는 원리는 '전자의 이동' 그 이상도 그 이하도 아니기에 신체적 상처와 정신적 상처를 구분하지 못한다. 다만 그 현상이 눈에 보이는지 보이지 않는지만 보고 관심을 더 갖는지 안 갖는지 정도의 차이만 있을 뿐이다.

눈에 보이지 않는 마음의 상처, 사람으로 인한 상처를 신체의 상처처럼 보듬어야 하는 이유가 여기에 있다. 교통사고로 팔다리에 깁스를 하고 누워있으면 찾아가서 "빨리 나아라.", "곧 좋아질 거야."라고 위안을 하면서 이별하거나 회사에서 스트레스를 받은 사람에게는 따뜻한 말 한 마디나 위로의 포옹조차 하지 않는다. 오히려 "잊어버려.", "너만 스트레스받는 거 아니야."라고 위로한답시고 오히려 염장을 지르는 경우도 있다.

사람으로 인해 힘들어할 때도 몸의 상처처럼 보듬어주어야 한다. 따뜻한 배려가 필요한 것이다. 그 배려는 크게 위해 주고 양보해주고 하는 게 아니다. 그저 말 한마디 "힘들었지. 오늘은 좀 쉬어." 정도로도 충분하다.

그리고 따뜻하게 손잡아주고 포근히 안아주기만 해도 된다.
그래. 우리는 그렇게 또 하루, 아니 또 한 달을 맞이하고 버텨낼 힘을 얻게 된다.

10
감정, 인간 의식의 최정점

Where Do We Come From? What Are We? Where Are We Going?

폴 고갱(Paul Gauguin)은 타히티에서 인간에 대한 근본적 물음을 〈Where Do We Come From? What Are We? Where Are We Going? 우리는 어디에서 왔는가? 우리는 무엇인가? 우리는 어디로 가고 있는 가?〉라는 그림으로 물었다. 관념을 이차원적 캔버스에 표현해 냈다. 방탕한 생활을 한 고갱의 행적 속에서 어떻게 이런 그림의 관념이 표상될 수 있었는지는 의문스럽기도 하지만, 인간이면 누구나 던지는 질문에 대한 고갱만의 화법과 은유가 있었기에 가능했던 것으로 보인다.

예술적 작품에 과학적 잣대를 들이대며 볼 일은 아니다. 고갱이 이 작품을 그린 시기는 현대 과학이 스며들기도 전인 1897년이기 때문이며 원시 자연 상태를 동경해 찾아간 타히티에서 그려졌기 때문이기도 하다. 고갱의 역할은 그림으로 인간에게 질문을 던지고 그것을 그림으로 표현해 냈다는 것 하나만으로도 크게 기여했다. 그의 그림은 나에 대한 자아의 존재를 묻고 있기 때문이다.

고갱이 그림으로 인간 존재를 물었다면, 감정과 두려움, 불안 등 인간 의식의 신경과학적 기제를 연구해온 미국 뉴욕대(NYU) 신경과학자 조지프 르두(Joseph LeDoux)는 2019년 「우리 인간의 아주 깊은 역사 : 우리가 의식 있는 두뇌를 얻는 방법에 관한 40억 년의 이야기(The Deep History of Ourselves: The Four-Billion-Year Story of How We Got Conscious Brains)」라는 저서를 통해 40억 년 생명의 역사를 풀어냈다. 묻기만 하는 것이 아니고 근본을 들여다 보았다. 관념과 과학이 어떻게 다른지 극명한 차이를 보여줬다.

〈박문호의 자연과학 세상(박자세)〉이라는 자연과학 공부단체를 이끄는 박문호 박사가 강독하는 온라인 강의에서 르두의 저서를 접할 수 있는 행운을 누릴 기회가 생겼었다. 30년 넘게 자연과학을 섭렵한 박문호 박사의 통섭이 르두의 책에 담긴 행간을 넘어 강독의 진가를 발휘했다. 저녁 8시 반에 시작한 온라인 강독이 11시 반까지 이어질 정도로 열정적인 강연의 현장이었다. 생명이 어떻게 40억 년 동안 진화해 왔는지, 인간의 뇌는 어떻게 더 영리해지는 길을 택해 왔는지에 대한 르두의 혜안과 통찰도 대단하지만 책의 초반부 내용은 이미 '박자세' 단체에서 오랫동안 숙지하고 공부해온 내용의 중첩이라 건너뛰고 새로운 관점을 제시하는 '감정'에 집중했다.

감정은 가치를 개인화하는 능력으로 인간에게서만 나타나는 현상이다. 감정은 유전적, 생리적 현상이 아니고 언어와 자기 주지적 의식에 의해 벌어진 현상이라 다른 동물에서는 나타나지 않는다. "반려동물은 물론 식물도 감정이 있고 반응을 한다고 전문가들이 이야기하고 있는데?"라고 반문하지만, 르두는 착각이라고 주장한다. 동물도 의식적 경험을 하지만 인간의 의식과는 상당히 다를 가능성이 있고 동물에게는 언어가 없기에 이를 과학적으로 확인하기란 어려운 일이라고 조심스럽게 이야기한다.

다윈이 인간과 동물의 행동 유사성을 들어 동물에게도 감정이 있다고 주장한 이래로 인간중심주의와 의인화 경향이 학계에 뿌리 깊게 자리 잡고 있지만, 인간이 생존 행동을 할 때 의식적 경험을 한다고 해서 다른 동물도 그럴 것이라 생각하는 건 우리 자신의 경험을 다른 개체에 투사하는 것에 지나지 않는 것이라고 주장한다.

제인 구달과 같은 의인화 옹호자들은 "다른 종들이 인간과 똑같은 행동을 보인다면 그 밑바탕에 있는 심적 과정도 동일할 것이다."라고 주장하지만, 행동의 관찰만으로 행동과 의식을 연결할 수는 없다고 한다. 행동은 의식적으로만 제어되지 않으며 비의식적, 무의식으로도 제어되기 때문이다. 바로 인간과 동물은 정교한 비의식적 인지행동 능력 절반을 공유하고 있기에 동물도 감정이 있을 거라는 착각을 하고 있었다는 것이다.

박문호 박사는 한걸음 더 나아가 인간만의 고유한 특성인 자아, 감정에 자살까지 들여다봐야 인간을 이해할 수 있다고 강독을 이어간다. 특히 자살은 인간만이 행하는 독특한 행위로, 사람들과의 관계가 끊어질 때 대부분 일어난다고 한다. 바로 박테리아 무생물 세포에서 다세포 생물 개체가 되고 종으로 되는 과정에서 모든 세포는 생식능력이 있는 체세포였지만 생식능력을 생식세포에 위임하고 상호의존성을 획득함으로써 생존의 효율성을 높였는데, 같이 살기를 거부한 세포들이 자살을 한다는 것이다. 인간은 종으로 존속해야만 개체로서도 생존할 수 있다는 르두의 주장에 방점을 찍는다.

 인간은 더불어 살아가야 하는 존재라는 말이 된다. 생존 회로에 관여하는 지각, 동기, 인지, 기억, 뇌 각성 시스템을 비롯하여 브레인 안에서 기능하는 여러 부위의 상호 작용들이 복합적으로 작동하여 만들어지는 것이 감정이기에 이 감정의 변화무쌍한 순간순간의 상황은 모두 다를 수밖에 없다. 인간이 가진 최고의 정신작용 정점이 바로 감정이다. 감정은 타인과는 상관관계에 있다. 감정은 인과관계가 아니다. 감정에는 논리가 통하지 않는다. 사랑하는 애인 사이에서도 감정이 같지 않기에 티격태격 사랑싸움이 벌어진다. 감정이 인과관계라면 전후좌우가 명확하니 싸우지 못한다. 감정의 상관관계는 이렇게 천차만별의 표현으로 인간 군상을 형성하고 있다. 그래서 감정은 '양날의 칼'이라고 한다. 이기심, 질투, 분노, 욕심과 같이 우리 종을 파멸시킬 수도 있는 심적 특성을 보이기도 하지만 사랑, 이타심, 자비심과 같이 오늘날 인류의 위대한 성취도 바로 이 감정이 가능케 했다는 것이다.

 고로 인류의 미래가 바로 이 감정을 들여다보는 일에 달려 있다고 해도 과언이 아니다. 감정을 살피고 들여다봐야 할 이유가 여기에 있다.

Part4

되돌아보니 **알 것** 같은 **일상에** 대하여

01

산다는 것은 기억을 꺼내는 일이다

"나는 누구인가?"

자아를 찾기 위한 인간의 술래잡기는 호모 사피엔스의 기원과도 맞닿아 있을 것이다. 천인천색의 접근법을 통해 '자기의 존재'를 확인하고자 했음에도 '자기 자신이 누구인지 확실히 깨달은 사람'은 과연 있는 것인가? 성자로 꼽을 수 있는 부처나 예수 정도? 하지만 깨달았다고 하는 것조차 타인에게 확인시킬 방법이 없으니 그 또한 알 수 없는 오묘한 부조화가 숨어 있다. 그렇다니 그렇게 믿고 있을 뿐이다.

자연은 철저히 독립적이라는 생각을 하게 된다. 스스로 깨닫지 못하면 알지 못하는 것과 같지 않은가. 대신하고 간접 경험한다는 생각은 스스로 깨닫는 것과는 거리가 멀다. 인간은 한계를 지닌 동물이라는 걸 이야기하는 것 같다.

不立文字(불립문자)

익히 동양에서는 언어로 세상 만물을 표현하는 것이 불가능함을 간파하고 있었다. 기능성 자기공명 장치로 브레인을 실시간으로 들여다보며 뉴런의 움직임을 추적해 인간의 존재 자체를 '기억'이라는 화학적 파동으로 분석해 가고는 있지만, 아직도 근본에 접근하기 위해서는 상당한 시간이 필요하다. 그래도 지금까지 가장 인간 존재의 규명에 다가선 것이 바로 '기억의 집합체'로 인간 개인 존재의 단위를 보는 시각이다. 기억이 어떻게 브레인에 쌓여 연쇄 작용을 일으키고 과거의 일들을 현재와 조합해 재해석해내는 과정에서 일관성을 유지해 내는지는 아직 미지의 세계이긴 하지만 말이다.

현재 내 몸을 구성하고 있는 세포들은 3개월 전 내 몸을 구성했던 세포가 아니다. 계속 재생되어 3개월 전 세포는 현재 이 시간 하나도 남아 있는 것이 없다. 각질로 사라지고 손톱 끝으로 사라진다. 어찌 과거의 내가 나라고 주장할 수 있을까? 그나마 '과거의 나'가 '현재의 나'라는 연관성의 확인은 기억이라는 정점을 간직하고 있기에 같은 존재일 거라고 믿을 뿐이다. 결국, 존재는 '기억'으로 비로소 가능했던 것이다.

무거운 화두를 쥐고 있는 것 같지만 이 화두의 단초는 어제 오후 퇴근길 전철 안에서 우연히 퇴임하신 회사 선배님을 만나 과거의 기억들이 재생되었기 때문이다. 기억에서 잊힌 듯 전혀 등장하지 않던 옛 사건들이 그 선배님과의 만남을 통해 영사기가 돌듯 떠오른다.

함께 회사 생활한 지 25년도 넘은 시간이 지나왔으면 뉴런의 재생이 수백 번은 바뀌었을 텐데 아직도 과거를 저장하고 있는 뉴런의 재생력에 놀라게 된다. 두개골에 갇히고 뇌척수액에 떠서 고립되어 있는 암흑의 감옥과 같은 브레인의 제한된 공간속에서 그 많은 과거 정보를 어떻게 재생하고 가져올 수 있는지 호기심을 더욱 자극한다.

'기억의 재생'은 공통의 동질성을 확인하는 과정일 수 있다. 관계 맺기의 단초를 중시하는 한국 문화의 터전에서 함께 형성된 과거의 기억에 공통점이 있다는 것만으로도 응원군의 역할을 할 수 있다는 안도감이 작용한다. 그렇게 계속 '기억'을 되살리고 존재의 달력에 구멍이 생기지 않도록 보수하고 관리하며 사는 것인가 보다. 추억을 먹고 살 날들이 가까이 오고 있음을 직감하고 있는가 보다. 나이 든다는 것, 뒤를 돌아본다는 것, 추억을 이야기한다는 것, 산다는 것은 바로 과거를 현재로 끌어들여 위안의 그루터기를 만드는 일이다.

가끔 나무 그늘에 앉아서 땀도 식히고 시원한 생맥주 한 잔에 헛헛한 웃음을 던질 일이면 족하지 않을까 한다.

말라빠진 멸치 한 마리 고추장에 찍어
막걸리 한 사발 들이켜고 싶다.

02
___
'지금 이 순간' 들여다보기

아침 출근길에 꽃들이 유난히 눈에 많이 들어온다.

초록 잎들의 숲에서 붉거나 흰색들이 유난히 선명하게 시선을 사로잡는다. 덩굴장미, 능소화, 나리꽃, 산수국, 나팔꽃, 심지어 전철역 텃밭에 있는 감자꽃과 옥수수의 붉어지는 수염 그리고 흰색 도라지꽃도 보인다. 시간의 켜를 짊어진 덩굴장미와 산수국은 이미 노쇠해져 가고 있음도 눈치챈다. 매일 같은 길을 걷는데 오늘만 유난히 눈에 많이 띈다는 건 어쩌면 어디에 집중하느냐의 문제인 것 같다. 평소엔 아무렇지도 않던 것이 어느 날 갑자기 의미 있는 대상으로 보이니 말이다.

꽃들이 눈에 들어오는 이유는 분명 꽃들이 시간차로 꽃을 피우는 전략을 구사하고 있기 때문이기도 하다. 현화식물들이 진화하면서 바로 시간을 차별화하는 전략을 펼쳤기 때문에 생존할 수 있었다. 모든 꽃들이 똑같은 시기에 핀다면 곤충들의 자연선택에서 기회를 많이 상실하여 도태되는 꽃들이 많았을 것이다. 꽃들은 바로 꽃이 피는 시기를 조절함으로써 모두가 살아남는 길을 택했다.

화무십일홍(花無十日紅)은 그래서 중요한 의미를 지닌다. 열흘 이상 피는 꽃이 있긴 하지만, 대부분의 꽃은 활짝 피어 꽃 수술을 모두 보여주는 시기가 딱 그만큼 만이다. 환경이 척박한 곳에서 자라는 꽃일수록 그 기간은 점점 짧아진다. 반나절 만에 지는 꽃도 있다. 꽃에 따라서는 밤에 피는 꽃도 있다. 밤의 정령인 나방의 비행에 기대어 진화한 꽃이다. 시간을 나누어 공존하고 공생하는 꽃의 세계는 그래서 화사하고 화려하고 아름다움이 배가되는 것이 아닌가 한다.

꽃들은 시간의 niche(꼭 맞는 역할)을 찾았기에 진화할 수 있었다. 모든 생물은 바로 이 niche를 어떻게 개척했느냐가 생존의 기로였다. 고래가 바다로 돌아간 것도 육지에서의 먹이활동보다 바다에서의 먹이활동이 블루오션이었기에 다시 바다로 돌아갔다. 호모 사피엔스도 나무 위에서 초원으로 내려오면서 직립보행을 하게 된다. 풀숲에서 멀리 보기 위해서는 두발로 서야만 가능했다. 진화는 어느 하나의 원인으로 그렇게 되는 것이 아닌 복합적 원인을 지닌 불확정성의 산물인 것이다.

다시 한 번 지금 눈에 보이는 모든 것에 경이를 표한다. 죽음조차도 '본래무일물'의 자리로 돌아간다는 것을 받아들이면 지금 이 순간, 이 자리에 있는 경이를 눈치채게 된다. 컴퓨터 자판을 옮겨가는 손가락의 현란함은 어떻게 자음과 모음을 기막히게 찾아가는지 기적의 현장을 보는 것 같다. 이렇게 일상에서 잠시 벗어난 시선과 상황들이 때론 여유로 다가온다. 아무것도 아닌 일이지만 눈높이의 수위는 이렇게 다름을 알아챈다.

아니, 익숙한 것으로부터의 다름이 바로 변화라는 사실을 직감하기 때문이다. 본능적으로 그렇게 학습 받아 왔다. 이전과 다름이 무얼 의미하는지 인간의 유전자는 너무도 절실하게 경험을 했고 그 경험치를 기억하고 있기 때문이다. 우주의 생성 138억 년, 지구의 생성 46억 년, 그 속에 단세포 생물로 생명의 기원을 시작하여 호모 사피엔스가 등장한 시간의 기억이다. 지구에 생명이 꿈틀거리기 시작한 이후를 1년으로 표시한다면 현생 인류가 등장한 것은 11월 중순에 해당한다. 그 장구한 시간을 인간의 시간으로 환산하려 하는 자체가 무리이다. 해변의 모래알보다도 작은 시간을 사는 인간이 어찌 우주의 시간을 들먹일 수 있을까. 그건 허영이 자 만용일지 모른다.

그래서 선각자들이 깨달은 것이 '지금 이 순간'이다. 시간의 흐름을 논 해봐야 인간의 눈으로 이해되고 해결될 일이 아님을 알게 된 것이다. 지 금 이 순간 장구한 시간의 흐름 속에서 현실을 보고 있는 그 자체가 '경 이'이기에 여기에 만족하는 길이 인간 생존의 최선의 목표임을 깨달은 것 이다. 진리는 멀리 있지 않다는 것, 내 마음속에 있다는 것, 이 모든 선지 자의 지혜들은 바로 시간을 이해한 깨달음에서 왔다. 종교와 정치, 문화 모든 인간사 속에서 이루어지는 모습들은 구성원들이 형성하고 있는 공 동체 유지를 위해 만들어낸 형상들임을 금방 눈치채게 된다.

이 시간, 조용한 침잠 속에 마음을 들여다본다.

선명한 거울로 마음을 닦지는 못했지만
어렴풋이 청동거울 정도는 만들지 않았을까 관조해 본다.

03
칠흑 같은 어둠 속에서도 그대 곁에 있음을 아는 것

새털구름이 풍성한 하늘 틈틈이 청푸른 색이 보인다.

하루가 다르게 차가워지는 아침 공기는 머릿속을 맑게 한다. 저 구름 사이사이에 비추는 주황색 햇살의 주사선이 조화를 이룬다. 시간상 많이 늦어진 아침 풍광이다. 어둠의 정령이 지배하는 시간이 길어짐을 뜻하지만, 빛의 정령이 등장하면 가장 눈부신 빛의 향연을 펼쳐 푸른 바다를 하늘로 가져올 것이다.

이 계절 하늘의 본질은 바로 바깥 구름 뒤에 숨어있는 짙푸른 바다색 빛깔을 보여주는 것이다. 물론 태양빛의 파장 길이를 가져다 붙이면 물리학의 지루한 강의가 될 수도 있지만, 그저 감상의 눈으로 바라만 봐도 한없이 좋을 그런 파란색의 향연이다.

본질이란 무엇일까? 본래 가지고 있는 성질을 말한다. 상황에 따라 변하는 것이 아니라 만고불변의 진리를 말한다. 이 본질은 사람에 따라 달리 보이는 것이 아니라 누가 봐도 딱 '그것이다'라는 명확한 공감을 갖고 있는 것을 뜻한다.

'나무'라고 하면 대지에 뿌리를 내리고 서 있는 그 존재 자체를 말하며 이에 이의를 제기하는 사람은 없을 것이다. 그것이 바로 본질을 제대로 표현하고 있다고 할 수 있다.

하지만 인간들은 본질을 잘못 보며 착각을 하기도 한다. 지구의 낮과 밤에 대한 본질의 인식이 그 예다. 우리는 하루 중에 낮과 밤이 절반씩 자리하고 있으니 낮과 밤 중에서 어떤 것이 본질인지 신경 쓰지 않는다. 공기와 물이 옆에 있으니 고마움을 모른다는 단순함과 같다. 그저 태고 (太古)적부터 반복되어 왔고 거기에 적응하고 진화되어 왔기에 본질을 따질 필요도 없이 당연히 거기 그대로 있음만을 인지한다.

그렇다면 낮과 밤의 본질은 무엇일까? 낮과 밤은 자전과 23.5도의 기울기를 가지고 있는 본질에 더하여 바로 지구를 둘러싸고 있는 대기가 빚어내는 현상이다. 낮이라는 것은 태양 에너지가 지구에 도달할 때 대기와 부딪혀 난반사가 되어 발생하는 분산 현상이다. 그러니까 대기권을 구성하고 있는 산소와 이산화탄소, 질소 등의 물질이 없다면, 태양 에너지가 지구에 도달하지 않는다면 낮과 밤은 존재할 수 없다. 더구나 지구는 태양처럼 스스로 에너지를 방출하는 항성이 아니니 태양이 없으면 그저 어두운 우주 공간에 떠 있는 깜깜한 행성일 뿐이다.

결국, 지구는 깜깜한 밤이 본질이다. 낮은 그저 현상일 따름이다. 지구의 대기가 빠져나가 밤의 정령이 지배하는 시대(숨은 쉴 수 있다는 허황된 가정을 담는다면)가 온다고 할지라도 발걸음이 망설임 없이 찾아갈 수 있는 장소가 있는지? 망설임 없이 찾아갈 사람이 있는지? 온몸에 각인되고 체화되어 스스로 찾아갈 수 있다면, 칠흑 같은 어둠뿐이겠지만 내비게이터처럼 찾아갈 곳과 사람이 있다면, 인생을 정말 잘 살고 있는 것이다. 서로의 손을 잡아야 앞에 누군가 있는지 알겠지만 망설임 없이 손을 뻗어 부둥켜 안을 수 있어야 한다. 누구일까 망설였다면, 손을 내밀까 고민했다면, 이미 마음에 의심이 작동했다는 것이다. 의심을 키워 확신을 얻을 수는 있겠지만 그 의심은 낮의 정령이 있을 때 확인했어야 하는 과정이다.

불현듯 선택의 순간이 닥치면 망설임 없이 갈 수 있는 곳, 찾아갈 수 있는 사람이 있는지 다시 한 번 되물어 본다.

눈에 보이는 것만으로 서로를 인지하는 하급의 단계를 뛰어넘어야 한다. 오감을 차단하고도 서로를 찾을 수 있는 능력을 가져야 한다.

우리 모두는 능력자다.
옆에 그대가 있음을 알기 때문이다.

04

진기함은 믿는 것에서부터 시작된다

나는 매일 아침 글을 쓰기 전에 포트에 물을 끓이고 차 한 잔을 준비한다. 차를 마시는 데도 도(道)가 있다고는 하지만 매일 아침 도를 닦을 수는 없고, 그저 머그잔에 찻잎을 넣고 물을 붓고 찻잔에 떠 있는 찻잎을 호호 불며 마신다. 지금 그 찻잎이 든 머그잔을 앞에 놓고 글을 쓰고 있다.

사무실 탕비실에는 여러 종류의 차들이 있다. 깡통에 든 중국차와 싱가포르에서 온 TWG 블랙티와 제주에서 온 녹차 종류들이 있다. 그중에 중국 블랙티와 TWG 블랙티를 주로 번갈아 마시는 편이다. 사실 중국산 블랙티는 '금준미'라는 유명한 차인데 우리 사무실에 차를 즐기는 사람이 없는지라 거의 혼자 마시고 있어 양이 줄어들지 않고 있을 정도이다. 최근에는 TWG를 주로 마신다. TWG는 싱가포르에서 만드는 차인데 국내에서는 카페 투썸플레이스 일부 매장에서 TWG 차를 파는 모양이다.

1837 TWG 차는 싱가포르 여행에서 쇼핑 아이템 중 하나일 정도로 고급 브랜드다. 사무실에 있는 TWG는 French Farl Grcy Tea로 깡통에 든 것이다. 한 캔에 싱가포르에서 45달러 정도하니 차 가격치고는 좀 비싼 편에 속한다. TWG 차의 특징은 블랙티에 말린 꽃잎이 같이 들어 있어 발효된 차향과 꽃향이 함께 어우러져 독특한 향을 낸다. 물론 꽃잎을 안 넣은 차도 있다. 차의 맛보다는 향에 더 방점을 찍은 것이다.

또 하나 자주 음용하는 중국차인 '금준미'는 중국 무이산에서 생산되는 유명한 차 브랜드 중에 하나이다. 빨간색 통에 '금준미'라고만 쓰여 있어 정품인지는 확인할 수 없다. 블랙티를 제조한 출처가 표시되어 있지 않은 것으로 봐서는 정품은 아닌 것 같다. '금준미'의 원조는 복건성 무이산의 정산소종차인데 그런 표기도 없다. 정산소종차는 영국 사람들이 나무를 영국으로 가져가서 영국 홍차의 원류가 된 차이다. 토양이 달라 중국 정산소종차의 맛을 내지 못하다가 레몬즙을 배합해 비슷하게 만든 것이

'얼그레이'라고 한다. '금준미'는 정산소종차의 최고급으로 2005년 개발된 차다. 500g에 150만원이 넘는다고 한다.

사무실에 있는 중국 블랙티의 출처가 궁금해 누가 가져온 것인지 물으니 직원 중 한 명이 이사하면서 집에 돌아다니던 녹차며 홍차들을 정리할 겸 사무실로 가져왔다고 한다. 동명이차일 수 있으나 '금준미'의 명성에 준하는 맛일까 궁금하여 설레는 마음으로 차 통을 개봉했다. 둥근 뚜껑을 따니 안에는 알루미늄으로 다시 덮여 있고 작은 원으로 구멍을 뚫게 해놓았다. 완전히 개봉하는 것보다 습기의 침투를 최대한 낮추고자 하는 것 같았다. 찻잎은 아주 세밀하게 작다. 국산 녹차처럼 새잎을 그대로 말리거나 덖은 것이 아니고 발효를 시켰을 텐데 차 이파리들이 무척이나 작다. 물을 부어 찻잎이 퍼지는 것을 지켜보면 중국차 본연의 노르스름한 색깔이 우러난다. 차 상표에 걸맞은 황금빛 색을 내어 놓는다. 금준미가 가지고 있는 색이라고 믿어 의심치 않는다.

그렇다고 하고 마시면 그런 것이 아닌가.

매일 아침, 중국차의 기원이라고 하는 정산소종차의 '금준미'를 마시는 행운도 누리고 싱가포르 최고의 차도 함께 마시며 향도 음미하고 있는데 이 차의 진가를 사무실 직원들은 잘 모른다는 것에 또한 묘한 기쁨도 있다. 아는 만큼 보이기도 하지만 설사 아닐지도 모르지만 그렇다고 믿고 마시면 그러하다는 것 자체가 신기하기도 하다.

아무튼 나는 아침마다 최고의 명차를 마시고 있다.

맛과 향은 경험의 흔적을 끌어오는 것이기는 하지만 그렇다고 믿고 마시고, 그렇다고 믿고 향을 맡으면, 그렇게 가치를 갖고 의미를 갖게 된다.

Novelty(진기함)는 가치를 믿는 데서 출발한다.

05

그렇게 하면 그렇게 된다

"서울이 넓은 건가? 아니면 비구름과 햇살 사이의 경계선을 방금 지나 와서 그런 걸까?"

비를 잔뜩 머금은 먹장구름의 발걸음이 눈에 보일 정도로 빨라 재빨리 출근했더니, 사무실 근처는 햇살이 구름 사이로 화사하게 내리비치고 있 다. 출근 인사를 하는 지인들의 문자 속에는 비가 내리는 풍경이 섞여 있 는데, 반면 나는 백팩 속에 든 우산을 펼쳐 들지 않고 사무실에 무사히 도착했다는 것 자체만으로도 기분이 좋아진다. 지금 내 머리 위 하늘은 먹장구름 대신 푸른 하늘에 흰색 구름이 뭉게뭉게 산재해 있다.

사실 자연현상에 좋고 나쁨이 어디 있겠는가. 바람이 불고 비가 오고 눈이 내리는 것은 그저 자연현상이다. 이 현상을 받아들이는 인간의 간사함이 해석을 달리할 뿐이다. 그 해석에 따라 기분조차 좌우된다. 가만히 지켜보면 참으로 어처구니가 없기도 하다.

"이게 뭐야? 날씨에 따라 기분조차 좌지우지되고 있는 거야?"

"날씨의 맑고 궂음에 따라 기분이 왔다 갔다 한다는 것은 이해할 수 있는데… 또 그 안에서도 내가 마음먹기에 따라 나쁜 날씨 속에서도 기분이 좋아질 때가 있는 것은 또 어떻게 받아들여야 되는 거야?"

"도대체 인간의 마음은 어디에 기준점이 있는 거야?"

"인간도 자연의 일부이니 기분이 동화되는 건 당연한 거 아니야?"

아침 마음 상태에 대한 질문을 던지기 시작하니 끝없이 이어진다. 질문만 늘어놓았지 사실 해답은 없다. 해답이 있을 수 없는 것이 맞는 것 같다. 아니 모든 것이 해답일 수 있다. 어떤 상태가 되었던 그것은 현상을 받아들이고 해석한 것 중의 하나이기에 그것 자체가 정답이 되는 것이다. 바로 자연을 바라보고 해석하는 데에는 무한대의 가정과 무한대의 결과가 등장하기 때문이다. 양자역학에서 이야기하는 확률적 결정론으로 자연을 바라보면 모든 것이 정답임을 그대로 증명할 수 있다. 인지하는 순간, 측정하는 순간 바로 존재로 등장을 하고 이내 정답으로 나타난다.

인간의 의미부여가 없으면 자연조차도 존재 의미가 없어진다. 자연 자체도 인간의 브레인이 만들어 낸 관계 속에서 등장한 것이라 할 수 있다. 우리의 브레인은 자연과 공간에서 일어나는 동시적 관계의 차이를 비교하고, 그 차이를 형상이라고 인지하고 만들어 내는 착각만이 있을 뿐이다. 비교에는 정확성이 없다. 차이만 있다.

아이러니하게도 인간은 자연의 실재를 제대로 볼 수 없었기에 창의적이 되었다. 가정을 하고 가정에 따른 확률적 행동을 하는 주체가 되었다. 바로 자아(self)의 출현이다. 그래서 세상을 보는 눈, 지각과 의식이 생겨났다. 세상을 해석하는 능력이 생겼다. 그렇게 세상은 내 안의 해석 속에 존재하는 가상의 세계다. 인공지능을 통한 가상세계로의 급격한 변화는 새로운 혁명이 아니라 바로 인간 진화 과정을 들여다보고 그 과정을 그대로 따라하는 답습일 뿐이다. 모방은 창조를 낳는다는 진리를 따르고 있을 뿐이다.

먹장구름 걷히고 그 사이로 비친 햇살 한 줌 받으며 기분이 좋아졌던 순간의 해석이 참 멀리 왔다. 지각과 의식을 거쳐 창의성을 지나 인공지능까지 왔으니 말이다.

"기분 좋다"는 의식은 그렇게 현재 이 시간을 지배하는 현상이다. 이 현상들이 모여 오늘 하루의 순간들에 활력을 부여하고 그 활력을 바탕으로 의미가 부여되면 오늘 하루도 잘 살았다고 표현할 것이다. 그렇게 잘 산 하루하루가 모여 일주일이 되고 한 달이 되고 일 년이 되고 한 사람의 일생으로 나아간다.

산다는 것은 참으로 그러하다. 그렇게 착각을 현실로 오해하고 좋은 것인 양 도배를 하고 살면 살아지는 것이다. 어차피 살아야 된다면 침울해하며 살 이유가 없다. 즐거운 일만 해도 다 못할 인생이라고 한다. 재미있고 즐겁게 받아들이면 그 또한 그렇게 되는 게 삶이다.

오늘은 어떤 마음가짐과 자세로 하루를 맞이하겠는가.
최면을 걸어보자. 그리고 큰 소리로 웃어보자.
그래, 그렇게 하면 그렇게 하면 충분하다

06

두려워하고 멀리 했던 것

나이가 들면 들수록 가까이 가는데도 외면하는 것이 있다.

감히 두려워 쳐다보려고 하지 않는다. 가까이 있으면 있을수록 궁금한 것이 인지상정일 텐데, 궁금함에도 알려고 하지 않는다. 아니 알고 싶어 하지도 않는다는 표현이 더 정확하다. 그러다 보니 그것에 대해 깊이 생각해 보기는커녕 생각 자체를 하지 않으려 한다. 내게는 오지 않아야 하고 멀리 있어야만 할 것 같기 때문이다. 그럼에도 불구하고 어김없이 찾아온다는 것을 알고 나면 더욱 두려워진다. 어찌해야 할까 잠시 망설이다 급기야 회피하는 쪽으로 가닥을 잡는다. 누구도 입 밖으로 꺼내지 못하게 막아 놓는다. 금기 사항이 되어 버린다.

바로 '죽음'이다.

살아있는 모든 생명체가 종국에는 맞이하고 가야 할 길임에도 우린 두려움의 대상으로 상정해 놓은 덕에 기꺼이 가지 못한다. 마지못해 간다. "개똥밭에 굴러도 이승이 낫다"는 말까지 있다. 맞는 말이다. 그래도 갈 수밖에 없는 길이라면 웃으며 가야지 울며 갈 필요는 없지 않을까? 어차피 가야 할 길인데 배웅 받지 못하고 갈 필요가 있을까? 어차피 나선 길인데 환송받으며 떠날 수는 없는 걸까?

근래에 이 '죽음'에 관한 생각들이 많이 바뀌고 있는 거 같다. 최근에 조선일보에서도 '웰다잉을 준비하는 사람들'을 다루기 시작했다. 존엄사법이 시행된 지 3년째 되고 있어 '당하는 죽음'이 아닌 '맞이하는 죽음'을 준비하는 사람들의 사연을 듣는 시리즈다. 무의미한 연명의료는 받지 않겠다는 내용의 '사전연명의료의향서'를 작성한 사람이 무려 80만 명이나 된다고 한다.

가족들에게 피해 주기 싫어서이기도 하고 연명치료 거부서약을 한 뒤

삶이 다시 보이더라는 것이 인터뷰이들의 중론이다. 품위 있는 죽음에 대한 관심이 커지고 있다는 증거이기도 하다. 너무도 당연한 것을 우리는 이제 눈뜨는 것 같다. 늦은 감이 있지만, 우리 사회가 보듬어야 하고 널리 전파해야 할 일인 듯하다.

대한민국 국민 4명 중 3명은 병원에서 사망한다. 70~80년대만 해도 집에서 죽음을 맞고 장례를 치르는 경우가 많았지만, 주거문화가 아파트로 바뀌면서 장례문화는 병원 장례식장으로 옮겨갔다. 병원에서 사망하는 많은 경우는 중환자실에서 산소호흡기 등을 끼고 있다가 작별의 말 한마디 못하고, 따뜻한 포옹 한번 못하고 새벽 2~3시에 이승을 떠난다.

얼마나 허망한가. 이런 죽음의 순간을 우리는 너무나 많이 봐왔기에 죽음을 회피하는 쪽으로 발전한 것이 아닌가 한다. 나는 저렇게 죽지 말아야지, 말아야지, 하지만 죽는 날을 아는 사람이 어디 있겠는가? 오는 순서는 있어도 가는 순서는 없다고 아무도 모르게 다가오는 것이 죽음 아닌가?

그러니 준비해야 하는 게 당연하다. 걱정만 하고 두려워할 것이 아니라 기꺼이 맞이할 수 있게 준비해 놓는 것이다. 연명의료를 받지 않겠다는 의향서에도 서명해놓고 매년 유서도 작성해서 업데이트를 한다. 너무

야박하고 매몰찬가? 그래도 매년 유서를 업데이트하면 새로운 느낌으로 다가온다고 한다. 나는 아직까지 써 본 적이 없지만, 나의 지인은 매년 유서를 갱신하며 마음을 다잡는 걸 가까이서 보고 있다. 지인 왈, 매년 유서를 업데이트하는 것을 자식들도 아는데 자식들의 눈빛이 달라진단다. 혹시 유서에 유산에 관한 내용이 바뀌고 있을까 봐 그런 거 같단다. 우스갯소리로 하는 말이긴 하지만 자식들에게 긴장감을 줄 수도 있어 기막힌 효도 유도 방법일 수도 있겠단 생각이다.

네덜란드에는 2007년에 설립된 '앰뷸런스 소원 재단(Ambulance Wish Foundation)'이 있다. 말기 환자들의 마지막 소원을 들어주는 민간 봉사단체이다. 죽기 전에 꼭 가보고 싶은 곳에, 꼭 만나고 싶은 사람들을 불러서 함께 데려다준다. 가족과 친지, 사랑하는 사람과 마지막 이승의 여행을 떠난다. 이 소원의 현장은 얼마나 아름다운가. 그 아름다움을 지원해주는 단체와 봉사자들의 심성은 또한 얼마나 훌륭하고 아름다운가. 울음보다는 미소와 행복과 따뜻함으로 세상의 마지막 풍경 속에 함께 한다. 이것이 진정한 존엄사를 실천해주는 모습이 아닌지.

우리는 죽음이 나에겐 모든 것이고 남에겐 아무것도 아닌 것임을 안다. 그래서 드러내기가 쉽지 않았던 것이다. 하지만 이젠 두려워할 필요가 없다. 병원의 중환자실과 장례식장에서 수없이 거쳐 간 사람들을 목도했기에, 쓸쓸히 차가운 병실에서 떠나보내야 했기에, 그 전철을 되밟을 수는 없다. 사랑하는 가족, 친지, 지인들의 배웅 속에 기꺼이 가는 길이 될 수 있도록 준비하고 마음을 다잡아야겠다. 이젠 기꺼이 장기기증 신청서에 서명하고 연명의료의향서에 연명의료 거부 의사를 분명히 표현해야겠다.

기꺼이 맞이하면 두려울 것도 없고 감출 필요도 없다.

홀가분하게 기꺼이 맞이할 수 있을 것이다.
그날이 언제 오든지 말이다.

07

스트레스의 경계는 내가 만든다

오늘 아침 출근길 전철 안이 북적북적하다.

평소와 똑같은 시간에 탔는데 유난히 사람이 많다. "앞서 오던 전철에 문제가 있어 늦어져서 그런가?" 서있는 사람도 빽빽이 송곳 꽂듯 서 있다. 아침 6시 반 전철 안 모습치고는 의외의 모습이다. 환승역에서 떠밀리듯 내릴 때까지도 이렇게 승객이 많은 이유를 찾지 못했다. 아니 "그럴 수도 있지 뭐."하고 넘어갔다.

그러다 환승역 계단을 밀리듯 천천히 내려가면서 불현듯 빙판길을 걸어 전철역까지 온 기억이 오버랩 된다. 지난밤 눈이 많이 내려 도로가 온통 빙판길이라 사람들이 전철을 이용해 출근하려고 몰린 모양이다.

눈 내린 빙판길과 전철의 인파를 왜 금방 연결시켜 생각하지 못했던 것일까. 왜 한참이 지난 뒤에야 두 현상의 연관성을 눈치챈 걸까.

깊이 생각하지 않고 대충대충 넘어가는 '인지적 구두쇠 현상'을 이 아침에도 발견했다. 생각이란 놈은 이렇게 화두 하나 잡고 지속적으로 주변과 상황을 들여다보고 연결고리를 이어봐야 종합적 사고로 넘어갈 수 있다. 각각의 사건으로만 기억되어 남아 있고 사건의 연관성을 잇지 못하면 개별 현상으로만 남아있게 된다. 사건과 현상과의 연결고리를 얼마나 빨리 찾아내고 이어주느냐가 합리적 판단을 할 수 있는 단초가 된다. 사건을 연결시키는 데 시간적 지연·지체(delay)가 발생하면 오늘 아침의 전철 속 붐빔 현상을 빙판길과 연결 짓지 못하게 된다.

아무것도 아닌 것 같지만 우리는 하루 생활 중 대부분을 그냥 평소의 루틴대로 살아낸다. 잠시 멈춰 서서, 잠시 눈을 감고 생각을 들여다보지 않으려 한다. 왜 그럴까? 들여다보지 않아도 살아지기 때문이다. 현상들을 연결시키지 않아도, 루틴대로 시간을 보내도, 그냥 살 수 있고 회사가 사회가 국가가 돌아가기 때문이다. 사실은 내가 없어도 돌아가는 세상이지만 나의 루틴을 무의식중에 무임승차시킨다. 돌아가는 세상에 편히 승차해 졸고 있었던 것이다. 그래도 세상은 계속 돌아간다.

그래서 가벼운 스트레스는 필요하지 않을까 싶다. 아침마다 매일 진행되는 팀별 회의가 예정되어 있으면 스트레스로 다가온다. 하지만 회의가 예정되어 있으므로 어떤 일들을 정리해서 전할 것인지, 오늘 어떤 업무들이 진행될 것인지 다시 한 번 체크하게 된다. 이것저것 정리하다 보면 종합적으로 하루의 일과를 파악하게 되고 문제점이 예상되면 재점검을 하게 된다. 잘 될 일들이 보이면 마음이 들뜨기도 한다. 가벼운 긴장은 그래서 늘 새로운 창조의 원천이 되기도 하는 것이다. 스트레스의 아이러니다. 사실은 적당함이 중요하지만, 이 적당함의 경계를 찾는다는 것은 쉬운 일이 아니다. 경계가 없기 때문이다. 이 경계선의 인식 수준이 천차만별, 만인만색이기 때문에 그렇다.

다행인 것은 스트레스의 경계선을 내가 설정할 수 있다는 것이다. 스트레스 강도를 내가 조절할 수도 있다는 역설이다. 바로 '낙관적인 사고'를 하는 것이다. 스트레스를 받아도 좋은 일이 일어날 거라는 생각을 놓지 않는 것이다. 그렇다고 낙천적인 것과 혼동하면 안 된다. 낙천적인 사람은 아예 스트레스를 안 받는 성격의 소유자다. 잘못하면 허무주의자가 되어버리고 만다. 반면 상황을 낙관적으로 보면 긍정적으로 된다. 일이 안 되려고 해도 안 될 수가 없다. 그래서 낙관적인 사람이 낙천적인 사람보다도 오래 산다고 한다. 당연하다.

결국, 어떤 말을 하고 어떤 생각을 하느냐가 삶의 대부분을 결정하고 좌우한다. '관점'이 중요한 것이다. 긍정적이고 낙관적인 관점으로 세상을 보면 세상은 정말 살만한 것이 된다. 혹시 오늘 아침의 빙판길과 붐비는 전철 속 모습을 신경질적으로 바라보지는 않았는지 반성해 본다. 빙판길을 피해 전철로 출근 시간을 맞추려는 샐러리맨들의 활기찬 모습에서 삶의 열정을 읽어낸다면 마스크 쓴 얼굴이 코앞에 서 있더라도 눈으로 웃음을 전할 수 있을 것이다. 긍정과 낙관의 관점으로 하루를 시작하도록 하자.

'거짓말', '탄핵', '참담함', '막장 드라마'

오늘 아침 신문지면을 장식한 단어들이다. 자극적인 제목을 뽑는 언론의 옐로 저널리즘적 현상이라고 하기엔 낯간지러움을 넘어 정확한 표현이라 할 정도다. 뭐 새삼스러울 것도 없다. 그러려니 했지만, 현실로 눈으로 귀로 보여주고 들려주어 그 수준을 재확인시켜주니 허탈할 따름이다. 최고의 정의와 지성이라는 대법원 수준이 그렇다.

우리 사회는 그동안 법원의 판결에 대해서 어찌 되었든 최종 판단으로 받아들였다. 정치적 입김이 작용했을 것 같은 사안의 결론조차 합리적인 판단을 했을 거란 믿음이 강하게 작용했다. 우리 사회의 최고의 지성과 정의를 실천하는 곳이라고 인정했기 때문이다. 그래도 굳건히 소신을 갖고 판결에 임하고 정의를 실천한 법조인들이 있었고, 그랬으리라 믿었기에 가능했다. 그런 믿음이 서서히 붕괴되다가 드디어 완전히 괴멸되는 현장을 목도하게 됐다. 우리 사회의 정의가 무너진 현장을 보는 것 같아 정말 참담할 뿐이다. 불도저와 포클레인을 동원하여 깨끗이 치우고 새 건물을 지어야 할 텐데, 가능한 일일까? 며칠 지나면 다시 당·정·청이 작당하고 들러리 서고 야합하는 인물들이 다시 새 건물을 차고앉을까 두렵다.

'사법부의 정의'에 대해 하늘의 소천을 거부하고 본인이 길을 선택한 故 노회찬 의원이 생존해 있었을 시절, 한 방송 프로그램에 나와서 했다는 말이 회자된 적이 있었는데 다시 떠오른다.

우리나라 대법원 본관에 있는 디케 상은 외국의 경우와 다르게 조각이 되어 있다는 것이다. 보통 정의의 여신인 디케는 눈을 가리고 오른손엔 칼을 들고 왼손에 천칭 저울을 들고 서 있는데, 우리나라 대법원의 디케 상은 눈도 안 가리고 한 손에 법전을, 또 한 손엔 저울을 들고 앉아 있다.

"눈을 가리는 것은 법 앞에 만인이 평등하다는 점을 상징하는 것인데 눈을 안 가리고 있으니 상황을 두 눈 뜨고 비교해서 보겠다는 것이고, 칼 대신 법전을 들고 있다는 것은 엄정하게 정의를 실현하겠다는 것이 아니라 가변적인 법조문에 따라 눈치를 살피면서 판결하겠다는 의미가 아니겠느냐."

이 디케 상을 보는 故 노회찬 의원의 촌철살인이 압권이다. 권력으로부터 국민을 보호하고 정의와 균형을 추구하는 여신으로서의 사법권이 권력의 시녀로 전락함을 풍자했다고 볼 수 있다. 풍자를 통해 새로운 시각을 제시하고 경각심을 줬다는데 故 노회찬 의원의 촌철살인이 힘을 발휘한다.

사실 조각은 상징이다. 의미를 부여하기 나름이라는 것이다. 눈을 가렸는지 아닌지, 칼을 들었는지, 법전을 들었는지에 대한 상태는 인간이 부여하는 상징을 어떻게 각인시키고 해석하는지에 따라 달라진다.

정의의 여신 디케의 원형은 그리스 신화에 나오는 여신 '아스트라이아'이다. 하늘의 천칭 별자리 신화의 주인공이다. 이 주인공이 로마로 건너가면서 유스티티아(Justitia)로 개명을 했고 이 이름이 정의를 뜻하는 Justice로 이어진다. 15세기 전까지는 디케의 눈을 가리지 않았지만, 희

곡이 유행하던 15세기 이후 본래 눈을 뜨고 정의를 지키던 정의의 여신이 마치 눈을 가리고 칼을 휘두르는 것처럼 정의를 지키지 못하는 상태를 표현하는 풍자로 나오게 된다. '눈을 가려서 사사로움을 배제한다'는 상징은 후대에 덧붙여진 이야기였던 것이다.

디케 상이 꼭 눈을 가려야 하는 이유도 없으며 디케의 출발인 유럽의 그리스 로마시대부터 만들어진 수많은 디케 상에도 어떤 조각은 눈을 가리기도 하고 또 어떤 것은 가리지 않았다는 것이다. 그때그때 시대상이 변하고 조각가의 해석에 따라 조금씩 변형되어 왔다. 디케 상이 한국의 대법원에 만들어지면서 한국적 감성이 가미되었다. 동양적 관점에서 눈을 뜨고 있는 것은 정의를 바로 봐야 한다는 의미로 해석을 할 수 있고, 서 있기보다는 앉아 있는 것은 동양에서 절대자는 서 있기보다 앉아 있는 것이 보통이다. 칼로써 단죄하여 정의를 실현하는 현실보다는 법전에 근거한 합당한 판결을 통해 조화를 추구하는 관념이 더 강하게 작동했을 수도 있다.

어떤 해석과 어떤 풍자가 더 어울리는지는 시대가 말해준다.

그 시대 그 역사에 그 해석이 어울리면 그렇게 받아들여진다. 세상을 보는 관점이 다르면 똑같은 조각상을 보고도 상징을 해석하는 방향도 완

전히 달라진다. 긍정의 관점을 가져야 하는 이유이다. 대법원 디케 상이

노회찬식 해석으로 더욱 가슴에 와 닿은 우리의 현실이 그저 안타까울

뿐이다.

09

나는 내가 하는 일의 전문가인가

전문가와 비전문가의 차이는 무엇일까.

전문가는 특정 분야의 일을 줄곧 해 와서 그에 관해 풍부하고 깊이 있
는 지식이나 경험을 가지고 있는 사람을 말한다. 그러다 보니 그 분야의
전문용어를 사용하게 된다. 전문용어를 사용한다는 것은 그들만의 리그
가 있다는 것이고 그 분야에 통용되는 용어의 개념이 있다는 것이다. 분
야마다 전문가가 있다. 그래서 전문가를 부르는 호칭도 조금씩 특색을
지니고 있다.

일반적으로 대가, 명인, 거장 등의 용어를 붙이기도 한다. 박사라는 일반명사도 있다. 영어로도 expert, specialist, master 등이 쓰이지만, 특히 음악에서는 비르투오소(virtuoso), 미술에서는 도슨트(docent)도 있고 요즘 유행하는 식도락에서는 고메(gourmet)라는 표현으로 전문가를 지칭하기도 하고 커피 전문가를 바리스타(barista), 와인 전문가는 소믈리에(sommelier)라고 한다.

전문가로 호칭을 붙이는 것은 타인에 의해 인정을 받는다는 것이나, 자칭 전문가는 아무 의미가 없다. 자칭 전문가는 비전문가와 똑같은 것이다. 전문가로 인정받는다는 것은 그만큼 많은 시간과 노력이 투자되어 남들과는 다른 성과를 보여줄 수 있을 때만 가능하다. 남들이 이루어 놓은 성과를 일견하고 얄팍한 자기 견해로 치환하여 마치 자기의 지식인 것처럼 호도하는 자들은 금방 탄로가 난다.

기술이 필요한 건 1만 번 이상 해봐야 가능하며 시간으로 따지면 10년 이상 되어야 비로소 전문가가 될 수 있는 조건을 갖추게 된다고 한다. 서너 번 해봤다고, 1~2년 했다고 전문가로 자부했다간 큰코다치기 마련이다. 각 분야에는 숨겨진 고수들이 정말 많다. 드러내지 않지만 쌓은 내공들이 장난이 아닌 사람들이 곳곳에 있다.

하지만 나보다 더 많이 안다고 고수로 인정해주고 전문가로 인정해줄 수는 없다. 그 수준이 어느 정도인지의 기준이 내가 될 수 없기 때문이다. 인문학적으로 나보다 더 많이 알고 더 지혜롭다면 고수로 불러줄 수 있다. 하지만 그 사회에서 인정하는 진정한 고수가 되려면 구성원들의 평가가 따라야 한다는 것이다. 바로 사회가 형성되고 유지되는 조건으로의 역할이 등장한다.

각자의 지식과 지혜를 모아 긍정의 힘으로 사회를 이끌어갈 수 있는 리더를 그 사회에서는 행정의 전문가로 인정한다. 죽은 시인의 사회에서는 인간성의 바탕을 들여다보는 혜안을 요구한다. 경쟁이 아닌 상생의 지혜를 갈구하게 된다. 어느 분야에서든 전문가로 불린다는 것은 그만큼의 책무가 따른다는 것이다. 끊임없이 도전하고 연구하고 몰입해야 가능한 일이다. 전문가는 하루아침에 만들어지는 것이 아닌 노력의 결과로 평가받기 때문이다. 전문가적 수준으로 세상을 보는 시선의 높이와 깊이를 탁마해야 한다. 바이올린을 들고 기타를 들고 또는 책을 들고, 영업의 현장에서도 우리는 지금 있는 이 자리에서의 전문가로서 입지를 갖추어야 한다. 빛내려고 하지 않아도 스스로 빛이 나는 그런 경지가 바로 전문가인 것이다.

하지만 가만히 관조해 보면 우리 삶 자체가 전문가가 되기 위한 과정에 있는 것이 아닌가 한다. 삶의 종점에 도달할 때까지 끊임없이 전문가가 되기 위한 길을 걷는다고 할 수 있다. 사실 산다는 것 자체가 전문가의 길이자 삶이다. 무엇이든 행동하고 실행하는데 별도로 주의를 기울이거나 신경을 쓰지 않고 한다면 그것이 곧 전문가일 테니 말이다. 그렇다면 아침에 눈을 뜨고 일어나는 일, 화장실에 앉아 배변하는 일, 샤워하는 일, 양말 신고 옷을 챙겨 입는 행동 모든 것에 우리는 전문가의 경지에 있다. 우리는 일상생활의 전문가였다는 점을 생각하지도 신경 쓰지도 않는다. 그게 바로 전문가였는데 말이다.

누구나 할 수 있는 일을 하는 사람을 전문가라고 하지는 않지만, 그래도 우리는 전문가임을 자부하고 사는 게 중요하지 않을까. 물론 남들이 잘하지 못하는 특정 분야의 것들을 남들보다 잘할 수 있도록 끊임없이 시도하고 반복하는 일이 중요함은 두말하면 잔소리다. 일상의 전문가를 넘어 내가 좋아하는 일에 대해서는 전문가의 호칭이 따라붙을 수 있도록 노력해야 한다. 어떤 일을 하던 유일무이하다고 인정받는 정도는 아니더라도 전문가 중의 한 명으로 평가받는 정도는 되어야 한다. 그래야 어떤 일을 하든지 끊임없이 노력하게 될 것이고 결과를 만들어 낼 것이기 때문이다. 전문가는 노력의 노예일까? 노력의 성과일까? 전문가는 나무의 열매와 같은 성과다.

거름도 주고 잘 가꾸어 태풍이 불어와도 버틸 수 있는 경쟁력을 키우다 보면 결국 얻게 되는 게 전문가로 인정받게 되는 길이다.

"나는 지금 내가 하는 일에 전문가인가?" 되돌아보자.

10
나는 무엇을 모르는지조차 모르고 살았다

새로운 것, 내가 모르는 것을 접하게 되면 호기심이 발동한다.

궁금해진다. "저건 뭐지?"라고 말이다. 당연한 거다. 호모 사피엔스는 이 호기심으로 진화해 왔기 때문이다. 새로운 것을 알아야 생존에 용이하기 때문이다. 처음 상대하는 것이 나에게 우호적 일지, 나쁜 일을 일으킬 것인지 알 수가 없다. 경계를 하게 된다. 경계를 한다는 것은 위협을 줄 것인지, 안 줄 것인지 파악을 한다는 것이다. 그것이 새로운 것을 알아가는 과정이다.

새로운 분야의 책을 읽어도 역시 호기심이 발동한다. 내가 모르는 것을 명확히 설명해 나가는 '앞선 자'들의 노력을 존경하지 않을 수 없다. 그러다 문득, "내가 모른다는 것을 모른다"는 생각을 접한다. 무엇을 모르는지조차 모르는 것이 일상이지 않나 싶다. 새벽에 읽던 책을 덮고 앞의 내용을 회상해 본다. 떠오르는 문장이 거의 없다. 눈에 띄는 문장에 형광색 펜으로 줄을 그으며 읽었는데도 그렇다. 바로 눈으로만 봤지 기억의 저장고까지 밀어 넣지 못한 것이다. 관련 분야의 지식에 허약한 스펀지였기에 읽으면서도 제대로 흡수를 못한 탓이다. 얼마나 무지한지 지식의 바닥을 보는 것 같은 화끈거림이 있다. '지식의 허영'에 빠져 시간만 죽이고 있었던 것은 아닌지 되돌아본다.

가장 근본적이고 기본적인 질문과 마주하고 나면 어영부영 살아온 과거를 돌아보게 된다. 눈길 하나 호흡 하나에 집중했다고 생각했지만, 그마저도 극히 일부의 순간이었다는 것을 알게 된다. 찰나의 시간만 깨어 있다 보니, 깨어 있었는지 조차 알지 못했다. 그렇게 묻혀가고 휩쓸려가길 반복했던 건 아닐까.

부단히 찾고 관심을 가져야겠다. 근원을 따라가고 들여다보고 그 끝에는 또 어떤 시작이 계속될지라도 파랑새를 쫓아 가봐야겠다. '앞선 자'들의 발자취를 따라가다 보면 세상 입자 수만큼이나 다양한 군상들의 모습도 보게 될 것이다. 그 안에서 어울려 있는 자아의 본질도 보게 될 것이다.

군이 깨달았다고 자평하지 않아도 종교에서 말하는 성불과 들림을 당하지 않아도 본래무일물의 모습을 알게 된다면, 산다는 현실의 이유가 얼마나 소중한지 새삼 알게 될 것이다. 한 줌 호흡의 소중함과 손가락 근육 하나 움직임의 경이로움까지 매시간 매초를 환희로 받아들일 수 있음에 감사해야 한다. 무엇을 모르는지조차 모르는 무지에서 깨어날 수 있기를 온 감각을 곤두세우고 살펴봐야겠다.

그래서 주문을 외운다. 주문을 외우면 마법같이 소원이 이루어진다. 주문은 간절함이다. 간절함은 집중된 노력이다. 노력은 실천이다. 실천은 곧 이루어진다. 될 때까지 할 테니까, 결국 주문은 모든 일을 가능하게 하는 열쇠이다.

'아브라 카다브라'(abra cadabra)
"말한 대로 될지어다."

종교는 그렇게 인간의 뇌리에 자리를 잡는다.
토테미즘과 애니미즘이 그 자리에 터를 잡았고 근세 인류를 지배한 대부분의 종교가 그렇다. 바로 삶을 규정짓는 방식에 종교는 공동 패턴을 형성하는데 가장 큰 역할을 해낼 수 있었던 것이다.

"간절히 기도했더니 이루어졌도다."

하지만 꼭 종교라 규정짓지 않더라도 우리는 일상생활에 종교의 형식을 항상 달고 있다. 기독교다, 불교다, 천주교다 하는 것은 형식이며 제례이다. 삶을 어떻게 볼 것이냐에 대한 틀을 어떤 모양으로 가져갈 것이냐에 대한 분류일 뿐이다. 범사에 감사하는 일도 종교에서 도용해 쓰고있으며 천체가 운행하는 자연의 이치도 종교가 경전으로 법전으로 가져다 쓰고 있다.

결국, 종교는 인간이 간절히 원하는 것을 이룰 수 있도록 공동 패턴화한 것이라고 볼 수 있다. 물론 종교가 기복신앙보다는 한 차원 높은 형이상학적 접근일 수 있으나 결국 종교를 믿는 사람들의 기저엔 복을 일으키는 기복이 바탕이다. 자신과 가족과 사회와 국가와 인류를 위하지 않고 교회로 성전으로 가지는 않는다. 기도하든 묵상을 하든 참선을 하든 무언가를 이루기 위한 방편이다. 자기 자신을 찾는다는 명분도 결론은 같은 것이다.

내가 무엇을 모르는지,

모른다는 것을 아는 깨우침이 새로운 주문으로 다가온다.

에필로그 - Collateral Beauty

영화 한 편을 소개할까 한다.

2016년에 개봉한 할리우드 영화인데 국내에는 2017년 봄에 개봉했다. 〈나는 사랑과 시간과 죽음을 만났다〉라는 제목으로 소개되었는데, 원제목은 〈Collateral Beauty〉다. 영화에 출연한 배우들은 이름만 들어도 다 아는 윌 스미스, 키이라 나이틀리, 케이트 윈슬렛, 나오미 해리스, 헬렌 미렌 등 호화배역으로 꾸려졌다. 배우들의 후광을 업고 흥행에 성공할 것 같았는데, 국내에서는 크게 관심을 끌지 못했다. 나도 이 영화를 개봉 당시에는 보지 못했다. 그러다 우연히 넷플릭스를 통해 보게 됐다.

상처와 고통을 가진 주변 사람들을 통해 딸아이를 잃은 아픔을 치유해 나가는 남자의 이야기를 다룬 영화다. 이 영화의 종반부에 죽음을 연기

했던 헬렌 미렌의 대사가 영화 전체를 대변한다. "삶의 고통이 주는 아름다움을 놓치지 마세요(just be sure to notice the collateral beauty)"라는 말이다. 이 대사는 영화의 제목이기도 하다. 잘 만든 영화 한 편을 만나면 인생을 보는 관점이 바뀐다. 바로 이 영화를 두고 하는 말이다. 나에게는 그랬다.

아픈 상처를 품어 본 사람만이 세상의 아름다움을 볼 수 있는 자격이 있는 것은 아닐까? 아름다움을 아름다움으로 볼 수 있는 시선은 아름다움만 봐서는 그것이 아름다운 것인지 비교될 수 없다. 반대편에서 바라봐야 그것이 진정한 아름다움인지 알 수 있다. 세상 살면서 어떤 일을 하든 힘들지 않은 사람이 어디 있겠는가? 세상을 항상 아름답게만 보는 사람이 어디 있겠는가? 우리는 항상 뒤편에 서서, 아니 조금은 먼발치에서 앞을 바라보아야 굴곡도 보이고 밝음도 보이고 때로는 어두움도 다시 볼 수 있다.

특히 월급쟁이 삶을 살며 항상 웃는다는 것은 더욱 어려운 일이다. 오죽하면 출근할 때 간과 쓸개를 빼놓고 나간다는 말이 있을까? 상심의 침전만으로 버텨내기엔 너무 버거운 것이 직장생활이다. 직장에서 펼쳐지는 굴곡의 깊이야 일일이 언급할 필요조차 없다. 비슷하거나 때로는 똑같은 사건들의 중복일 테니 말이다. 반전이 필요하다.

"직장을 때려치워?"

"그만두면 먹고 살 대책 있어?"

"근근이 살면 살아지지 않을까?"

"너무 소극적이고 패배주의적 자세가 아닐까?"

"어떻게 하면 사는 게 재미있을까?"

고민하던 차에 만난 영화가 〈Collateral Beauty〉다.

바로 관점을 바꾸는 일이다. 재미없음을 재미있는 일로, 침울한 상태를 활기찬 분위기로 전환하는 일이며, 어려운 일을 쉽게 할 수 있는 활력으로 치환하는 일이다. "이게 말처럼 쉽게 되는 게 아닐 텐데?" 물론 그렇다.

생각의 전환이다. 그렇다고 긍정적 관념에만 머물러 있는 것은 금물이다. 관념을 행동으로 옮기고 행동이 누적되어 다시 관념이 바뀌는 순환을 경험해야 '일상이 행복'임을 알 수 있기 때문이다. 내려놓고 받아들이는 것만큼 어렵고 힘든 일이 없다. 피할 수 없으면 즐기라는 것만큼 무책임한 것도 없다. 그렇지만 받아들이고 즐기려고 생각을 바꾸고 행동을 바꾸면 내려놓게 되고 즐길 수 있게 된다. 쉬운 방편이 있다. 바로 일상으로 눈을 돌리는 일이다. 아침에 눈을 뜨고 맞이하는 모든 것에 인사하고 감사의 마음을 갖는 것, 보이고 들리고 만나게 되는 모든 존재에 의미를 부여하는 일이다.

뺨에 닿는 바람 한 점, 눈에 보이는 하늘 위 구름 한 점, 코끝에 전해지는 옆집 김치찌개 끓이는 냄새까지 감사의 마음을 갖는 것이다. 그러다 보면 마음의 여유라는 것이 찾아온다. 조급해하지 않고 있음을 알게 된다. 신경질적인 상대방을 이해하게 되고 커피 한 잔 건네주며 어깨도 다독여줄 수 있게 된다.

세상살이가 그런 것이다. 그렇게 살아지는 것이다.

어차피 살게 될 것을 어렵고 힘들다고 생각하며 살 수는 없다. 내가 맑고 밝아지면 주변 사람까지도 덩달아 밝아진다.

이 어찌 좋은 일이 아니겠는가?

〈Collateral Beauty〉는 그래서

내 자신을 넘어 세상을 밝게 하는 일이다.